Ventes des 1er, 2 et 3 Mai 1905

EXPOSITION PUBLIQUE le Dimanche 30 Avril
de 1 heure 1/2 à 5 heures 1/2

ESTAMPES

DE LA

Révolution

Nº 201

PARIS

1905

Nᵒ 113 du Catalogue

Imp. Frazier-Soye
153 - 157
rue Montmartre

COLLECTION

de Feu M. le Docteur BAUDON

CONDITIONS DE LA VENTE

Elle sera faite au comptant.

Les acquéreurs paieront *dix pour cent* en sus du prix d'adjudication.

MM. Mathias et Cⁱᵉ rempliront les commissions que voudront bien leur confier les amateurs ne pouvant y assister ; ils se réservent, en outre, la faculté de diviser ou de rassembler les lots.

MM. les amateurs pourront visiter la Collection, 4 *bis*, rue de Chateaudun, du Jeudi 20 au Samedi 29 avril inclus.

EXPOSITION PUBLIQUE
à l'Hôtel Drouot, le Dimanche 30 Avril, Salle n° 9
de 1 heure 1/2 à 5 heures 1/2

ORDRE DES VACATIONS

Lundi . . .	1ᵉʳ Mai.	Nᵒˢ	1 à 194
Mardi . . .	2 —	—	195 à 394
Mercredi . .	3 —	—	394 à fin.

Prochainement : Vente de Tableaux anciens de P. Potter, Ruysdael, etc., provenant de la Collection du Docteur Baudon. — *Expert :* M. Georges Bernard, 46, rue du Faubourg Saint-Honoré, chez lequel : 1° les tableaux seront exposés ; 2° on trouvera le catalogue.

CATALOGUE

DES

ESTAMPES

DE LA

Révolution Française

composant la

COLLECTION

de feu M. le Docteur BAUDON

dont la vente aura lieu

à Paris, HOTEL DROUOT, Salle N° 9

Les Lundi 1er, Mardi 2 et Mercredi 3 Mai 1905
à 2 heures précises

EXPOSITION PUBLIQUE

Le Dimanche 30 Avril de 1 heure 1/2 à 5 h. 1/2

<table>
<tr><td>Commissaire-Priseur :
Mᵉ MAURICE DELESTRE.
5, rue Saint-Georges.</td><td>Experts :
MM. MATHIAS & Cⁱᵉ, assistés de
M. Léopold DELTEIL,
4 bis. rue de Chateaudun.</td></tr>
</table>

N° 73 du Catalogue.

DÉSIGNATION

1. **Amérique** (Indépendance de l'). — *Explication de la Médaille frappée par les Américains en 1784*. Dédié à Franklin. Dess. et grav. par Bradel, d'après Dupré. — *Leur imprudence, présomption,… sont humiliés*. Médaille allégorique. — Ens. 2 pièces.

2. — *Mal lui veut, mal lui tourne…., — L'Ange de la France chasse les anglais de Philadelphie, les américains se réjouissent, 1773 — Représentation critique exécutée par la troupe comique du D' Schlas*. — Ens. 3 pièces, dont une coloriée.

3. **Washington**. — *Le Général Washington*. Gravé par N. Le Mire, d'après Le Paon. Belle épreuve.

4. — *Le Gal Washington, commandant en chef des armées américaines.* Portrait en ovale avec sujet au dessous. Gravé d'après le tableau de N. Piehle 1783 (*Basle, chez Chr. de Méchel*). Belle épreuve à toutes marges.

5. **Franklin.** — *Stupete gentes! reperit vivum Diogenes.* Portrait de Franklin dans un médaillon tenu par Diogène qui l'éclaire de sa lanterne. Belle épreuve *avant la lettre.*

6. — *Benj. Franklin, né à Boston...* Portrait en médaillon, avec bonnet sur la tête. Sans nom de graveur. Belle épreuve.

7. — *Benj. Franklin. Eripuit cœlo fulem septrum que tyrannis.* Gravé par Cathelin, d'après Mme Filleul (*A Paris, chez Boquet*). Belle épreuve.

8. — *B. Franklin.* Dess. par Bonneville, gravé par Gautier. — *Le Docteur Franklin couronné par la Liberté.* Aqua-tinte. — Ens. 2 pièces.

9. **La Fayette.** — *M. le Mis de La Fayette, commandant g^{al} de la Garde Nationale Parisienne.* Dédié aux Citoyens Soldats. Peint et gravé par **Debucourt**, 1790. Belle épreuve du *1er état*, avec la lettre grise, à toutes marges.

10. — *Conclusion de la Campagne de 1781 en Virginie, le Mis de La Fayette.* Gravé par N. le Mire, d'après Le Paon. In-fol. (*Pendant du n° 3*).

11. — *M. le Mis de la Fayette, M^{al} de Camp et commandant g^{al} de la Garde Nationale Parisienne* (de profil à droite) (*A Paris chez Esnauts et Rapilly*). — *M. le Mis de la Fayette, colonel de la Garde Nationale* (de profil à gauche) — Ens. 2 petits portraits en médaillons, très belles épreuves *en couleurs*, à toutes marges.

12. — *La Fayette reçois des mains de la Prudence la couronne de l'Immortalité...* Allérorie inv. et composée par La Gardette. 2 épreuves, dont 1 en *coloris de l'époque*, l'autre en noir. Belles épreuves.

13. — *Epouventail de la Nation — D'animaux malfaisants c'était un très bon plat — Départ du Général Parisien pour la fameuse nuit du 5 au 6 octobre. — Discours de M. de la Fayette au Peuple — Bon mot d'une Ambassadrice. La Réputation d'un grand général ressemble à une chandelle qui ne brille que chez le Peuple et pue en s'éteignant* (Rare). Ens. 5 pièces.

14. — La Fayette couronné par la Victoire et conduit par la Renommée vers le Temple de l'Immortalité. **Dessin original à la sépia**.

15. — *Le Ministre Grave directeur du spectable* (Luckner dansant sur la Corde, Rochambeau jouant des Castagnettes, *La Fayette* faisant des tours de force, etc.). Belle épreuve.

16 — *La Fayette traité comme il le mérite par les Démocrates et les Aristocrates. — Le Sans Tort*. Pièce ronde — *Journée du 17 juillet 1791*. — Ens. 3 pièces.

17. — *Grande colère du Dieu La Fayette lors de l'affaire de Verdun — Le Roi Soliveau, ou les grenouilles qui demandent un Roi — Le g^al La Fayette soutenu sur les bâtons des maréchaux Luckner et Rochambeau prend la lune avec ses dents.* — Ens. 3 pièces.

18. — *La Démission motivé du 17 avril 1792 — Das Unerfatliche Thier der National Versamlung.* Pièce allemande sur La Fayette mangeur de Rois. — *Découverte faite par le Cousin Jacques. Deux pendus dans la lune. — Dessin de la lame offerte à M. La Fayette.*

— *Portraits des amis du Thiers* (sic).
M. de La Fayette et M. l'abbé Grégoire, imagerie sur bois. — Inauguration de la Statue de La Fayette au Puy (1883). — Ens. 6 pièces.

18 bis. — *La Fayette* (La Fayette fait prisonnier par les autrichiens et enfermé à Olmuth). Gravure anonyme gr. in-fol. Belle épreuve, grandes marges.

19. **Bailly**. — Jean Sylvain Bailly. Portrait gravé *en couleurs* par Alix, d'après Garneray. Belle épreuve, grandes marges.

20. — *J. S. Bailly*. Gravé par Sergent (*A Paris chez le Vachez*). Portrait tiré en noir dans un cadre en bistre. — *L'Homme à deux faces*. Gravure *coloriée* — *L'Astronome B... en observant les astres se laisse tomber dans un puits...* Gravure *coloriée*. — Ens. 3 pièces.

21. — *Bailly et sa Cocotte*. Pièce ronde gravée *en couleurs*. Superbe épreuve à toutes marges — *Même sujet*, en hauteur. Belle épr. tirée *en bistre, avant la lettre*. — Ens. 2 pièces.

22. **Orléans** (Duc d') — Louis Phillipe Joseph, duc d'Orléans. Gravé par G. Fiesinger. Très belle épr. *en couleurs*, grandes marges — *L. P. J. duc d'Orléans, député de Crépy en Valois*. Gravé par Sergent (*A Paris chez le Vachez*). Portrait tiré en noir dans un cadre en bistre — *Duc d'Orléans-Egalité*. Gravé par Massard, 1824. Belle épr. *avant la lettre*.

23. — *Prise d'habit au Château de Bicêtre. Dédié au très cher oncle le Cuisinier* (Pièce sur la Duthé et le Duc d'Orléans). Très belle épr. tiré *en sanguine*, à toutes marges. — *Trait d'humanité de S. A. S. Mgr le duc d'Orléans aux environs de Villers-Cotterets*. Gravé par Patas, d'après Mirys. Très belle épr. à toutes marges. — Ens. 2 pièces.

N° 76 du Catalogue

24. — *Philippe Pique*. Carte à jouer. — *Philippiques*. Pièce ovale — *Je suis entre le Peuple et la loi*. Pièce ovale — *Grands envoyés extraordinaires de leurs Majestés les Jacobins pour le blanchissage, de Jourdans, et de son armée, leurs confraires — J'use tout mon savon et ne puis vous blanchir*. — Ens. 5 pièces, dont 3 tirées en bistre, à toutes marges.

25. — *Domine salvum fac regnum*. — *Grand Dieu de quel côté que je tourne mes pas je vois la honte et le supplice...* — Ens. 2 pièces rares, belles épreuves.

26. *Mably*. Portrait gravé *en couleurs* par Alix. épreuve à grandes marges.

27. **Necker**. — *M. Necker, ministre d'État*. Gravé par Boillet. Belle épr. **en couleurs**, grandes marges. — *Necker, directeur général des Finances*. Gravé par Le Beau (*A Paris chez Esnauts et Rapilly*) — *C. H. G. Necker, directeur général des Finances*. Queverdo del. ornamenté; Duval effigies; Dembrun sculp. — *M. Necker, Ministre d'Etat*. Dess. et gravé par Audouin. — *L'Espoir des Français*. Gravé par Martini. — Ens. 5 pièces, belles épreuves, grandes marges.

28. — *M. Necker*. Gravé par Vérité (*A Paris, chez Mᵉ Bergny*). Très belle épreuve tirée **en couleurs**, grandes marges. — *M. Necker, Ministre d'Etat, Directeur général des Finances* (*A Paris, chez Fatou*). Superbe épreuve tirée **en couleurs**, à toutes marges. — Ens. 2 pièces.

29. — *M. Necker*. Portrait dans un ovale, avec bas-relief au-dessous. Gravé **en couleurs** par A. F. Sergent, d'après Duplessis. Très belle épreuve.

30. — *La France reçoit des trois Ordres les vœux de toute la Nation et les présentent à Louis XVI et à M. Necker. — L'Œil du Génie ou les Armes de M. Necker (A Paris chez Crépy). — Vertu surmonte tous Obstacles — Au Ministre Citoyen.* La France couronne le buste de Necker. — Ens. 4 pièces, les 3 premières tirées *en bistre*, à toutes marges.

31. — *Post tenebras lux.* Portraits de Louis XVI et de Necker. Dess. et gravé par A. Duplessis. Belle épr. *coloriée. — L'Hommage sincère.* Dédié à la Nation (*A Paris chez Bergny*). 2 épreuves, l'une en noir, l'autre tirée *en couleurs.* — Ens. 3 pièces.

32. — *Le Compte-rendu — Allégorie pour le frontispice du compte rendu au Roi. — Retraite de M. Necker en juin 1781 — Necker, malgré l'Envie, au Temple de Mémoire, son nom sera gravé par l'Amour et la Gloire — Allégorie pour servir de frontispice au Compte rendu au Roi par M. Necker — Constitution de la France* (*A Paris, chez Bourgeois*). — Ens. 6 pièces, dont 3 à toutes marges.

33. — *Réception de Necker et sa famille à l'Hôtel-de-Ville — La Vertu Récompensé,* d'après Borel. *— Au Ministre Citoyen, par le Tiers-Etat du Pays sonnois, province du Maine.* Gravé par Mme de Monchy, d'après Monnet *— L'Œil du Génie ou les Armes de M. Necker.* Gravé par Guyot, d'après Marie An. Croisier *— La Vérité triomphante.* Gravure tirée en bistre — Ens. 5 pièces.

34. — *Les Torts de M. Necker envers la France.* Pièce ovale, *libre.* Très belle épr. à toutes marges.

34 *bis.* — *L'Espoir de la France.* Gravé par Vérité, d'après Trevisiani. (*A Paris, chez Mondhare et Jean*). — *Le Commerce, les Arts, le Cré-*

dit et l'honneur,... allégorie sur Necker, tirée *en bistre. — France! le plus beau jour éclaire ton Empire.* Rappel de Necker. Pièce ovale avec texte au-dessous — *la même pièce,* texte en hollandais — Ens. 4 pièces.

35. **Guillotine.** — *J. I. Guillotin.* Portrait gravé par Prevost, d'après J. M. Moreau 1785 — *Machine proposée à l'Assemblée Nationale pour le supplice des Criminelles par M. Guillotin. — La Véritable Guillotine ordinaire. ha le bon soutien pour la liberté.* Gravure *coloriée (Rare). —* Ex-libris Ant. Louis, chirurgien (Inventeur de la guillotine dont Guillotin fut le promoteur). — Ens. 4 pièces.

36. **Eon de Beaumont.** — *Ch. G. L. A. C. A. T. D'Eon de Beaumont (A Paris chez Esnauts et Rapilly).* Epreuve *coloriée — Ch. G. L. A. A. T. Chevalier d'Eon.* Gravé par Wm Daniell, •d'après G. Dance 1793 (*Published London 1810*). Très belle épr. à grandes marges — Ens. 2 pièces.

37. *Louis XVI, roi de France et de Navarre (A Paris, chez Lac) — Louis XII, Henri IV, Louis XVI.* Gravé par St-Aubin, d'après Sauvage — *66e Roi. Louis XVI.* Petit portrait en pied — *Louis XVI.* In-4, en pied, étendant les bras. Genre papier peint. — *Louis XVI, Roi d'un Peuple libre.* Au fond la Bastille (*Rare*) — *Louis XVI, roi des Français, roi d'un Peuple libre. —* Ens. 6 pièces, *4 coloriées.*

38. *Louis Auguste Dauphin de France.* Dess. par Marillier, gravé par Voyez — *Louis XVI, roi de France et de Navarre* (à cheval). (*A Paris chez Jean*). *Colorié — Louis XVI* (en Empereur romain, à cheval). **Dessin original,** en manière de Calligraphie, par Auvrest — *Louis XVI.* Silhouette en noir. Epreuve *avant toutes lettres.* — Ens. 4 pièces.

39. *Marie-Antoinette (A Paris. chez Blaisot) — la même. Epr. avant l'adresse, coloriée — Marie-Antoinette.* Gravé par Bonnefoix, d'après Vigé-Lebrun *(A Paris, chez Marel). Colorié — Marie-Antoinette (A Paris chez Mondhare) — Invitation aux Grâces.* Dess. par Desrais. Gravé par Gaucher 1788. — Ens. 5 pièces.

40. *Vœux de la Nation au Roi et à la Reine, pour le jour de l'an 1778.* Portraits de Marie-Antoinette et de Louis XVI, en regard l'un de l'autre, avec au-dessous un compliment. Gravé par Le Beau. Superbe épreuve à toutes marges. Fort rare.

41. *Louis XVI et Marie-Antoinette.* 2 portraits en ovale avec sujets au bas représentant les Adieux de Louis XVI et de Marie-Antoinette à sa famille. — Ens. 2 pièces *en couleurs.*

42. *Louis XVI, Marie-Antoinette et le Dauphin.* Petite pièce ronde gravée *en couleurs — Marie-Thérèse Charlotte de Bourbon, fille de Louis XVI (A Londres chez les Marchands de Nouveautés).* Imprimé *en bistre* sur fond noir — *Louis Charles de France, né le 27 mars 1785, fils de Louis XVI, mort prisonnier en la Tour du Temple...* Gravé d'après le tableau original peint sur émail, même grandeur. *Colorié.* — Ens. 3 pièces.

43. *Elisabeth Philippe Marie Hélène de France.* Gravé par Le Beau, d'après Fontaine *(A Paris chez Hénaut et Rapilly) — Elisabeth de France (A Londres, chez les Marchands de Nouveautés).* Joli portrait dans un ovale sur socle — *Maria Theresia.* C. Vogt, del.; J. M. Motz, excud. — Ens. 3 pièces.

44. *La Reine à la Conciergerie.* Gravé par Prieur *(A Paris, chez Clément).* Très belle épreuve.

45. *Les Vœux du Peuple confirmés par la Religion — Les Garants de la Félicité publique.* — Ens.

2 pièces gravées par Née et Masquelier, d'après Monnet et St-Quentin, la seconde à toutes marges.

46. *Avènement de Louis et de Marie-Antoinette d'Autriche au Trône de France, 10 mai 1774*. Dess. et gravé par Patas — *Le Présage de la Félicité*. Gravé par Martini, d'après de Berainville — *Il fait naître des Fleurs et brûle les soucis — Retour de Maurepas*. Allégorie. Dess. par Moreau le jeune. Gravé par De Launay 1776. — Ens. 4 pièces.

47. *Au Roi — A la Reine*. — Ens. 2 pièces. Dess. par Moreau, gravés par N. Le Mire, belles épreuves.

48. *Apparition d'Henri IV à Louis XVI* ou *la vérité découverte*. Inventé, dess. et gravé par Texier. — *Allez, vous êtes maintenant digne de marcher sur ses pas*. Dess. par Cochin, gravé par Le Mire, 1775 — *Le Retour Désiré. Louis XVI rappelle son Parlement* (A Paris, chez La Père et Avaulez). 2 épreuves en bistre et en noir. — Ens. 4 pièces.

49. *Feu d'artifice tiré à la Place de Louis XV. le 30 mai 1770, à l'occasion du mariage du Dauphin avec Marie-Antoinette* (A Paris, chez Basset) — *Illumination en réjouissance du mariage du Dauphin avec Marie-Antoinette* (A Paris, chez J. Chereau) — *Vue et décoration de la façade du Feu d'artifice tiré le 21 janv. 1782 à l'occasion de la naissance du Dauphin* (A Paris, chez La Chaussée). — *Vue et perspective de la superbe galerie élevée à l'occasion de la naissance du Dauphin où la ville donna un magnifique festin* (A Paris, chez La Chaussée). — Ens. 4 pièces *coloriées*.

50. *Action de bienfaisance* (Marie Antoinette et Charlotte de France faisant l'aumone). Gravé par

Romain Girard, d'après Hilaire. Epreuve *coloriée*.

51. *Le 10 d'Aoust, Entrée des Enbassadeurs* (sic) *indiens (Chez Bonvalet).* Curieuse image populaire avec complainte, et où se trouve représentée Marie-Antoinette — *Charles Philippe de France, comte d'Artois, Frère du Roi.* Gravé par Dupin, d'après Vanloo. — Ens. 2 pièces.

52. *L'Assemblée des Notables,* avec au-dessous la lettre de convocation écrite par le Roi. — *L'Assemblée des Notables, Discours du Roi (A Paris chez Basset).* — Ens. 2 pièces, la 1ʳᵉ tirée *en bistre.*

53. *Allégories sur le respect et l'amour ˙ dus à Louis XVI et à sa famille,* etc. 4 sujets sur 2 feuilles — *Louis XVI prononce un discours pour le bonheur de son peuple.* Dess. par Borel, gravé par De Launay — *Le Corps diplomatique de l'Etat allait se dissoudre...* Allégorie. Brémond inv. ; Brion de la Tour, del, : Le Tellier, sc. — *Epoque de la Liberté françoise.* Dédiée à la Nation assemblée. Composé et gravé par Jos. Mallet. — Ens. 5 pièces.

54. *Discours du Roi, prononcé le 5 mai 1789, jour où S. M. a fait l'ouverture des Etatsgénéraux (De l'imp. de Didot l'ainé),* Magnifique pièce **imprimée sur satin,** avec portraits de Louis XVI et Marie-Antoinette. Conservation parfaite. *Très rare.*

55. *Discours du Roi à l'Assemblée des Etats-Généraux. (A Marseille, chez Ninot).* Imagerie populaire avec complainte — *Louis XVI, père de la Patrie, roi d'un Peuple libre.* Epreuve *avant toutes lettres.* — *Colonne de la Liberté projetée sur l'emplacement de la Bastille à la gloire de Louis XVI.* Gravé par Taraval en 1790. — Ens. 3 pièces.

56. *Projet d'un monument à ériger pour le Roi.* De Varene, inv. ; Moreau, del. ; gravé en couleur par **F. Janinet** en 1790. Très belle épreuve *en couleurs*.

57. *Projet d'un Monument élevé en l'honneur de Louis XVI.* Dess. et gravé par Sergent, 1790. Belle épreuve tirée en *bistre.* — *Patience..., ça ira : y n'faut que s'entendre.* Gravure *en couleurs*. Belle épreuve. — Ens. 2 pièces.

58. *Joseph Rullier âgé de 107 ans et 5 mois, présenté aux Princes, Princesses et Ministres de de la Cour de France.* (Paris, Le Noir 1780) — *Jean Jacob, mort âgé de 120 ans.* Peint et gravé par Garneray. — Ens. 2 pièces, dont une imprimée *en couleurs*.

59. *La Journée à jamais mémorable aux Français où Louis XVI restaurateur de la Liberté Françoise se rendit à l'Hôtel-de-Ville le 17 de mois de Juillet 1789* (A Paris chez Crépy). Superbe épreuve tirée *en bistre*, grande marge — *Louis XVI arrivant à l'Hôtel de Ville.* Gravé par Duplessis-Bertaux, d'après Prieur. Belle épr. à *l'état d'eau-forte* — *La Journée à jamais mémorable aux François.* Vue d'optique, *coloriée.* — Ens. 3 pièces.

60. *Arrivée du Roy à Paris le 6 oct. 1789.* Gravé par Guyot. Superbe épreuve **en couleurs,** à toutes marges.

61. *Banquet des Gardes du Corps à Versailles* (où figurent Louis XVI et Marie-Antoinette) — *Orgie des Gardes du Corps à Versailles* (on voit dans une loge, Louis XVI, Marie-Antoinette et le Dauphin). — *Repas donné à Versailles dans la salle de l'Opéra.* — Ens. 3 pièces, les 2 premières *coloriées, rares.*

62. *L'Aristocratie écrasée.* Allégorie sur la prise de la Bastille ; buste de Louis XVI. Très belle épreuve à toutes marges — *Louis XVI, roi et père d'un Peuple libre, reçoit des mains*

N° 87 du Catalogue.

*de la France la Constitution et la Confédé-
ration pour le serment civique.* Gravé par
Mme Prévost. Belle épreuve *coloriée* —
*M. Bailly, maire de Paris, présentant au
Roi les clefs de la Ville à la Barrière de la
Conférence le 17 juillet 1789 (A Paris, chez
Basset).* Belle épreuve *coloriée.* — Ens.
3 pièces.

63. *Le Pacte National.* Inv., dess. et gravé par P. Th. Le Clerc 1791. Pièce gr. in-fol, tirée *en bistre — Hommages rendus aux vues bienfaisantes de l'Assemblée Nationale Constituante et à la Loyauté de Louis XVI.* Inv. et gravé par A. de St-Aubin. 2 épreuves, dont l'une *avant la lettre* à toutes marges. — Ens. 3 pièces.

64. *Trait de générosité de Louis XVI aux Champs-Elysées le 19 oct. 1789.* Gravure *coloriée — Vive le Roy. Récit d'un Invalide, chez un Fermier de la Haute Normandie en leur montrant une image représentant le portrait du Roy.* Gravé par A. Legrand, d'après Debucourt. Belle épr. à toutes marges — *Mort de Mgr Louis Joseph Xavier François Dauphin de France au Ch^{au} de Meudon, le 4 juin 1789.* Gravure à l'aqua-tinte. Très belle épreuve. *Très rare —* etc. — Ens. 6 pièces.

65. *Audience du Roi et de la Reine accordée à la veuve de l'infortuné François Boulanger massacré par la Populace le 21 oct. 1789.* Gravure *coloriée.* Très belle épreuve. *Très rare.*

66. *La Trinité Bourbonnaise.* Gravé d'après le tableau original tiré du Cabinet autrichien. Gravure à l'aqua-tinte. Belle épreuve.

67. *Louis XVI accepte la Constitution le XIV sept. 1791 (A Paris chez Chereau).* Pièce ronde. Très belle épr. *en couleurs.*

68. *A un Peuple Libre, l'an 1er de la République.* Dess. par Moreau le Jeune, gravé par Dambrun. Superbe épreuve *avant la lettre,* à toutes marges — *Trois vignettes pour Almanach,* et 1 portrait de *Mme Elisabeth.* — Ens. 5 pièces.

69. *Etrenne aux fidelles 1792. Saint Véto martir...
Patron des Emigrants et des Réfractaires.*
Gravé à Coblentz et publiez en France par
ordre des Princes. Portrait de Louis XVI à
l'aqua-tinte, avec oraison gravée au dessous.
Très belle épreuve — *Journée mémorable
du 20 juin 1792.* Gravé à l'eau-forte par Pau-
quet, terminé au burin par Jourdan. (*A Paris
chez Remoissenet*). Epreuve à toutes marges
— Ens. 2 pièces.

70. *Trait de l'Histoire de France du 21 au 25 juin
1791 ou la métamorphose.* Gravure gr. in-
fol., *coloriée.* Belle épr. à toutes marges —
*Louis XVI, au milieu de son conseil, s'aperçoit
qu'il n'avait plus de tabatière...* Gravure tirée
en *bistre.* Très belle épreuve, à toutes marges
— *L'Optique naturelle et artificielle ou le
Microscope de la Rage... La Nation présentant la Constitution au Roi.* Gravure *coloriée.* — *La France foudroie le Fanatisme*
Gravure tirée *en bistre.* — Ens. 4 pièces.

71. **Fuite et retour de Louis XVI.** — *L'Egout Royal.*
Gravure satyrique, *libre,* sur la Fuite du Roi
et de sa famille. Superbe épreuve *coloriée,* à
toutes marges. *Très rare.*

72. — *Le Promenoir Royal ou la fuite en Empire —
La Grande colère de Capet l'aîné — Que
faites-vous là ? Je suis en pénitence —* Ens.
3 pièces dont 2 *coloriées.*

72 bis. — *Fiez-vous à ces Déclarations.* Pièce curieuse
où Marie Antoinette est représentée sous la
figure d'une tigresse, Louis XVI sous celle
d'un cochon, etc. Très belle épreuve *coloriée,*
à toutes marges. *Rare*

73. — *La bête noire insinuant au maître du troupeau
(Louis XVI) qu'il faut différer, et surtout,
prendre l'avis d'un étranger pour régler ces
affaires. — Enjambée de la Sainte Famille*

des Thuilleries à Montmidy. Gr. in-fol., *colorié* — *Hé Hu ! dada !* Caricature sur la fuite du Roi. *Colorié.* — Ens. 3 pièces.

74. — *La Fuite à dessein ou le parjure Louis XVI.* Gravure à l'aqua-tinte. Très belle épreuve imp. *en bistre.* Très Rare.

75. — *Arrestation du Roi et de sa famille désertant du royaume.* Gravure anonyme, très rare — *Il est pris.* (Le nez des émigrés s'allonge en apprenant l'arrestation de Louis XVI à Varennes). Gravure *coloriée*, à toutes marges — *Détails relatifs à l'arrestation du Roi et de la Famille Royale.* Pièce imprimée, 2 pages — Ens. 3 pièces.

76. — *Retour de la Famille Royale à Paris le 25 juin 1791.* 2 pièces différentes, in-fol. en larg. Très belles épreuves *coloriées*, à toutes marges et à grandes marges. *Très rare en pareille condition.*

77. — *C'est semés des perles devant les porceaux — Il à tout perdu au 21… juin 1791 — Vous m'avez connu trop tard — Les deux font la paire — Louis XVI sous la forme du cochon.* Pièce ronde. — Ens. 5 pièces, 4 *coloriées.*

78. — *La Famille des cochons ramenée dans l'Etable. — L'entrée franche. Je me suis ruiné pour l'engresser ; la fin du compte je ne sais pu en faire* — Ens. 2 pièces *coloriées*, grandes marges.

79. — *Exécution populaere à Strasbourg le 25 juin 1791* (Bouillé, Heyman, Klinglin, traitres à la Patrie). Très belle épr. *coloriée* — *Allégorie* sur la Fuite de Louis XVI — *L'Idole renversée.* Epr. *avant la lettre.* — *Trouvaille du 21 juin.* Gravure *en bistre*, tirée de l'ouvrage de Boyer, de Nîmes. — Ens. 4 pièces.

80. *Le Masque levé — Il jette à ses pieds ce qu'il tenait dans ses mains.* 2 épreuves, l'une

coloriée, l'autre tirée *en bistre — Louis XVI signe la Constitution que la France assise sur les Droits de l'homme présente à S. M.* (*A Paris, chez J. Chereau*). — Ens. 4 pièces, dont 3 *coloriées*.

81. *Le Ci-devant Grand Couvert de Gargantua moderne en Famille.* Pièce gr. in-fol. Belle épr. *coloriée. Rare — Copie* en contre-partie de la gravure ci-dessus. *Coloriée.* — Ens. 2 pièces.

82. *Louis Seize, Roi des Français* (Portrait de Louis XVI coiffé du bonnet rouge, 20 juin 1792). Gravé par Bartoloneti (*A Paris, chez Esnauts et Rapilly*). Belle épr. à toutes marges — *Nouveau Pacte de Louis XVI avec le Peuple le 20 juin 1792, l'an 4ᵉ de la liberté* (En pied, coiffé du bonnet à la cocarde et buvant à la santé de la nation). Epr. tirée *en bistre — Louis XVI avait mis le bonnet...* Epr. tirée *en bistre*, bonnet et écharpe rouge. — Ens. 3 pièces.

83. *Bonnet des Jacobins donné au Roi le 24 juin 1792 (A Paris, chez l'auteur rue des Augustins).* Eau-forte. *Très rare — Aristocrates soyez tranquille sur la santé du traître Louis XVI, il boit comme un Templier en attendant...* Belle épr. tirée *en bistre*, le bonnet *en vert. Très rare.* — Ens. 2 pièces.

84. *Ventre Saint Gris où est mon fils? Quoi! c'est un Cochon? C'est lui-même, il noye sa honte — Miserere mei....* Pénitence du 25 juin 1791 (Louis XVI et Marie-Antoinette à genoux) — *J'ai écarté les cœurs, il a les piques, et je suis capot. Eh! bien! jouez votre jeu — Dernier effort des Jacobins.* — Ens. 4 pièces, 1 *coloriée* et 3 *en bistre*.

85. *Que faites-vous ma fille? quel désespoir? J'étais altérée du sang des françois...* (Marie

Antoinette est enfoncée dans un puits). — *La Poulle d'Autruyche* — Ens. 2 pièces, très belles épreuves à toutes marges, la première *coloriée*.

86. *Louis le Traître lis ta sentence* (Une main écrit la sentence ; au bas la Guillotine : *Elle attend le coupable*) (*A Paris, chez Villeneuve*). Très belle épr. à toutes marges. *Très Rare* — *Louis le Faux* (médaillon de Louis XVI, entre le Père Duchesne et Jean-Bart). Très belle épreuve. *Très rare* — *Ci-gît Louis le faux, Capet l'Aîné*. Très rare. — Ens. 3 pièces, *1 coloriée*.

87. *La Panthère Autrichienne* — *Le Traite Louis XVI*. Portraits de Marie-Antoinette et de Louis XVI dans une lanterne (*A Paris chez Villeneuve*). — Ens. 2 pièces, très belles épreuves imprimées *en bistre. Rare*.

88. **Le Temple.** — *Le Temple*. Gravure ronde par Guyot. Très belle épreuve **en couleurs,** *avant toutes lettres*, marges. Rare.

89. — *Les deux Gardiens de la Tour du Temple*, Petite pièce ronde, *coloriée*. — *Tour du Temple ou Nouveau Logement occupé par Louis XVI le 13 août 1792* (*A Paris, chez Guyot*). Très belle épr. *en bistre*, à toutes marges — *Le Temple*. Petite pièce ronde, entourée de chaînes — *Le Temple*. Pièce ovale, in-4. — 3 pièces tirées des Révolutions de Paris. — Ens. 7 pièces.

90. **Jugements et Exécutions de Louis XVI et Marie-Antoinette.** — *Tiré de l'Évangile de St Luc*. Gravure anonyme sur le jugement de Louis XVI — *De Perfides enfans s'élèvent contre moi…* Pièce allégorique. Gravure anonyme, *coloriée* — *The Memorable Address of Lewis the sixteenths at the Bar of the National Convention*. Gravé par Schiavonetti, d'après W. Miller (*London, publ. 1796*). Très

belle épr. à toutes marges, avec note historique et liste des membres de la Convention
Nationale, 2 planches — *Du fond de son
cachot,...* (Louis XVI instruisant le Dauphin)
— *Scène de la Séparation de Louis XVI avec
sa famille et ses amis.* — Ens. 5 pièces.

91. — *Français, écoutés ce bon Roi.* Curieuse gravure
coloriée. Belle épreuve. *Rare — Les derniers
adieux de Louis XVI à sa famille (A Paris,
chez les Marchands de Nouveautés)* — *Fin
tragique de Louis XVI.* Dess. d'après nature
par Fious. Gravé par Sarcifie. — Ens.
3 pièces.

92. — *Exécution de Louis Capet, XVIᵉ du nom, le
21 janvier 1793 (A Paris, chez Basset).* Gravure gr. in-fol. en larg. Très belle épreuve
coloriée. Rare.

93. — *Exécution de Louis XVI.* Gravé par Cazenave.
Gr. in-fol. Belle épr. *avant toutes lettres —
Exécution de Louis XVI.* Gravure anonyme
*avant la lettre — Ludwigs XVI todt; Maria
Antoinette Trauriges Ende geschehen d.
16 oct. 1793.* 2 pièces allemandes — *Lodewijk
de XVI, ge ëxecuteerd den 21 jan. 1793.*
Portrait de Louis XVI avec vignette au-dessous représentant son exécution — 3 pièces
tirées des Révolutions de Paris. — Ens.
8 pièces.

94. — *Complainte sur la mort de Louis le dernier
(A Paris, chez le citoyen Auger).* Curieuse
pièce *coloriée* sur l'exécution de Louis XVI,
avec complainte. Belle épreuve. Rare.

94 *bis.* — *Journée du 21 janvier 1793. La Mort de
Louis Capet sur la Place de la Révolution.*
Gravé par Helman, d'après Monnet. Belle
épr. *avant le nᵒ*, grande marge.

95. — *Réception de Louis Capet aux Enfers par le
grand nombre de brigands ci-devant cou-*

ronnées. Composé et grav. par Villeneuve.
Gravure à l'aqua-tinte. Belle épreuve. *Très
rare — Jugement de Louis Capet condamné
à mort (De l'imp. de Provost, rue Mazarine)*.
Pièce imprimée de 4 pp., avec figure sur bois
représentant son exécution. — Ens. 2 pièces.

96. — *Allégorie sur la Mort de Louis XVI*. **Dessin
original de l'époque** à l'aqua-tinte, formant
encadrement, avec portrait de Louis XVI
dans le haut. Pièce très gr. in-fol. en haut.

97. — *Marie-Antoinette dans sa dernière prison*.
Gravé par C. Porporati 16 oct. 1793. Épreuve
en couleurs, à toutes marges — *Jugement de
Marie Antoinette d'Autriche au Tribunal
Révolutionnaire*. Gravé par Casenave. In-fol.
— *Marie Antoinette au Tribunal Révolu-
tionnaire*. Gravé par Couché fils, d'après
Duplessis-Bertaux. — Ens. 3 pièces.

98. — *Journée du 16 octobre 1793* (Exécution de Marie
Antoinette). Gravé par Helman, d'après
Monnet. Belle épr. *avant le n°*, grandes
marges.

98 *bis*. — *Complainte de Marie-Antoinette, veuve de
Louis Capet (A Paris, chez Le Fèvre)*. Pièce
coloriée avec complainte. *Rare*.

99. — *Fin tragique de Marie Antoinette d'Autriche,
reine de France, exécutée le 16 oct. 1793*.
Très belle épreuve imp. *en bistre*. *Rare —
Marie-Antoinette menée au supplice*. Guy-
lenburg, del ; P. H. Jonxis, sc. 1794. In-fol.
Belle épr. *avant la lettre*. — Ens. 2 pièces.

100. — *Fin tragique de Marie Antoinette d'Autriche,
Reine de France, exécutée le 16 oct. 1793*.
Très belle épr. **en couleurs**. Rare — *Exécution de la Veuve Capet* (Tiré des Révolutions
de Paris). — Ens. 2 pièces.

101. - *Translation à St Denis des Corps de Louis XVI
et de Marie-Antoinette*. Vue d'optique, *colo-*

COMPLAINTE

De Marie Antoinette, Veuve de L. Capet,

Exécuté le 2.e Jours du 1.er Mois de la Seconde Année de la République Française, à 11 heures du Matin.

N° 98 *bis* du Catalogue.

riée — *Testament de Louis XVI (A Paris, chez Canu).* En haut, les portraits de Louis XVI, Marie Antoinette et le Dauphin ; dans le bas, le Temple. Belle épr., grande marge. — *Testament de Louis XVI, conforme à la minute déposée à la Commune de Paris (A Paris, chez Basset).* Avec les portraits en médaillons de Louis XVI, Charlotte et du Dauphin. — Ens. 3 pièces.

102. — *Testament de Louis XVI (De l'imp. de Farge. A Paris, chez Bonneville).* Avec les portraits de Louis XVI, Marie Antoinette et le Dauphin, dans un médaillon, gravé **en couleurs**. Très belle épr. avec grandes marges. *Rare.*

103. — *Les Derniers adieux de Louis XVI, roi de France, etc., à sa famille, la veille de sa mort.* Gravé par Hunin, à Malines — *Dernière entrevue de Louis Seize avec sa famille.* In-fol. — *La Séparation de Louis seize et de sa Famille dans la Tour, du Temple.* F. B., Sculp. Gr. in-fol. — *Afscheid van Lodewyk XVI Koning van Frankryk.* Gravé par Jonxis 1793, d'après C. van Kuylenburg — *O mes Enfans !...* (Adieux de Louis XVI à sa famille). Gravure anonyme in-8 — *Louis XVI partant à l'échafaud.* Gravure ovale anonyme, imp. *en bistre* — *Les derniers adieux de Louis XVI.* Pièce ovale. Gravé par J. L. Benoist J^{ne}. Belle épr. *avant la lettre.* — Ens. 7 pièces.

104. — *Procès et mort de Louis Seize (A Paris, chez Mme Ve Chereau).* 6 médaillons sur la même feuille. Belle épr, *rare* — *Fils de Saint Louis, montez au ciel.* Belle épr. *avant toutes lettres,* à toutes marges. — Ens. 2 pièces.

105. — *Testament de Louis XVI. A la Mémoire de Louis XVI.* Pièce in-fol. avec sujet dess. par

A. A. Lejeune 1793, gravé par Blanchard 1814 *(A Paris, chez Basset) — Portrait de Louis XVI, surnommé le Bienfaisant (Imp. de V. Leleux, à Lille)*. Imagerie ancienne avec son testament dans le bas et une complainte ; 2 épreuves différentes. — Ens. 3 pièces.

106. — *Saules pleureurs.* Silhouettes de la Famille Royale. — Réunion de 5 pièces différentes, dont 1 en couleurs.

106 *bis.* — *A l'immortalité (A Paris, Ch. Bance) — Bouquet d'Immortelles — 21 Janvier (Chez J. Marchand, graveur).* — Ens. 3 pièces.

107. — *Testament de Marie-Antoinette (Paris, imp. d'A. Egron)*. Avec son Portrait — *Testament de Louis XVI (A Paris, chez Gueffier)*. Avec saule pleureur. — Ens. 2 pièces.

108. — *Ces Fleurs nous retracent nos pertes.* Dess. et gravé par J. Marchand. Portraits de la Famille en royale dans un bouquet de fleurs. Belle épreuve imp. **en couleurs.** *Rare.*

109. *Famille de Louis XVI* (Louis XVI, Marie Antoinette, Mme Elisabeth, Charlotte et le Dauphin). Pièce ovale anonyme. Belle épreuve.

110. *Lamoignon de Malesherbes.* Portrait allégorique. Belle épr. *avant la lettre.*

111. *Ancien gouvernement français. Le Roi, la Reine, le Dauphin.* Gravé par Bonneville — *Portraits de la Famille Royale*, dans un médaillon, accroché à une pyramide. Gravé par Ruotte, d'après Sauvage — *Louis Auguste XVI, Marie-Antoinette, Elisabeth, S. A. R. Marie Thérèse Charlotte, Louis Charles fils de Louis XVI* 5 petites images *coloriées.* — Ens. 7 pièces.

112. M^{de} *Elisabeth de France.* Gravé par L. A. Claessens, d'après Sicardi. Belle épr.

113. *Louis Dix Sept.* Gravé par Cheesman (*Published 1793, by D. Orme*). Ravissant portrait imprimé *en bleu*. Très belle épr. à toutes marges. *Très rare.*

114. *Tableau pittoresque, astronomique et moral des jours et des nuits, présenté à la Convention Nationale le 1er jour de l'an 3e de la République Française.* Gravé par Ingouf le Jeune et vérifié par Lalande. Pièce in-fol., très curieuse et *très rare.*

115. **Juillet 1789. La Bastille.** — *Prise d'Armes de la Bastille.* Gravé **en couleurs** par **Janinet?** Superbe épreuve à grandes marges.

116. — *M. le Curé de St Etienne du Mont marchant à la tête de son district le 14 juillet 1789, pour s'emparer des armes et munitions de guerre qui étaient aux Invalides.* Gravé **en couleurs** par Guyot. Superbe épreuve à toutes marges.

117. — *Evénement du 12 juillet 1789. — Mort de Flesselles, prévôt des marchands — Formation de la Garde Nationale — Evénement du 6 oct. 1789 — Portrait de Latude,* etc. — Ens. 9 pièces par Monnet, Janinet, etc. Belles épreuves.

118. — *XVI égale XII plus IV. Preuve de l'adition. Louis XII, ami du Peuple. Henry IV, père de ses sujets. Louis XVI, l'un et l'autre.* Portraits de Louis XII, Henry IV et Louis XVI en médaillon. Curieuse pièce imprimée **en couleurs.**

119. — *Vue de la Bastille.* Gravé par Guyot, d'après Sergent (*A Paris, chez les Campions frères*). Belle épr. tirée **en couleurs**, marges — *Vue de la Porte St Antoine et de la Bastille.* Vue d'optique, *coloriée — Plan de la Bastille.* Gravé par Gaitte, d'après Cattrala. — Ens. 3 pièces.

120. — *La Bastille, vue du coin du Boulevard, 1789.*
Dess. par Gudin, gravé par Borgnet,
2 épreuves, dont l'une *avant toutes lettres*, à
toutes marges. — Ens. 2 pièces.

121. — *Soirée de 30 juin 1789.* Dédiée à l'Assemblée
du Palais-Royal. Curieuse pièce. Belle épr.
coloriée.

122. — *Corps de garde du Pont Neuf brulé.* Dess. et
gravé à l'eau-forte par Girardet et terminé
par Niquet. Belle épr. *avant la lettre — Des
Passants forcent à saluer la statue du bon
roi Henry.* Epreuve *avant toutes lettres.* —
Ens. 2 pièces.

123. — *Vue du Champ de Mars le 12 juillet 1789 (A
Paris, chez Basset).* Gravé **en couleurs** par
Lecœur? Belle épreuve, *très rare.*

124. — *Les Gardes françaises repoussent un détache-
ment de Royal Allemand commandé par le
Prince de Lambesc, rue Basse du Rempart
dans la nuit du dimanche 12 juillet 1789.*
Gravé **en couleurs** par Sergent. Belle épr.,
rare.

125. — *Bravoure des Gardes Françaises le 7 juillet à
Versailles 1789.* Gravé par **Janinet** Epr.
imprimée *en bistre — Une Femme de condition, fouettée pour avoir craché sur le portrait de M. Necker.* Curieuse pièce *en couleurs — Une Grande partie du Peuple a été
témoin du juste châtiment de l'abbé insolent.*
Curieuse pièce *en couleurs.* — Ens. 3 pièces.

126. — *Le Prince de Lambesc aux Thuilleries.* Gravé
en couleurs par Chapuy? Très belle épreuve
avant le texte, d'une pièce *très rare.*

127. — *Le Prince Lambesc.* Gravé **en couleurs** par
Guyot. Pièce ovale. Très belle épreuve,
marges.

128. — *1re attaque du premier pont levie de la Bastille.*
Gravé **en couleurs** par Guyot. Jolie pièce
ovale.

129. — *Prise de la Bastille par les bourgeois et par
les braves gardes françaises de la bonne
ville de Paris, le 14 Juillet 1789 (A Paris,
chez Bance).* Pièce **en couleurs**. Belle épr. à
toutes marges.

130. — *Vue de la Place de Grève le jour de la Prise
de la Bastille. Nous cédons à l'amour de la
Liberté.* Par Palloy, patriote. Imagerie *coloriée* du temps. Belle épr à toutes marges.
Curieuse et très rare.

131. — *Prise de la Bastille le 14 juillet 1789.* Dess. et
gr. par C. Thevenin. 2 épreuves, dont l'une
avant toutes lettres. — Ens. 2 pièces.

132. — *Prise de la Bastille par les bourgeois et les
braves gardes françaises de la bonne ville
de Paris le 14 juillet 1789 (A Paris, chez
Bance).* Gravure à l'aqua-tinte — *Prise de la
Bastille (A Paris, chez Basset). Coloriée —
Prise de la Bastille (A Paris, chez Basset).*
Epr. tirée *en bistre.* — Ens. 3 pièces.

133. — *Vue de la Ci-devant Bastille.* Gravé par Née.
2 épreuves, dont l'une *avant toutes lettres
— Prise de la Bastille.* Gravé par Niquet.
Belle épr. *avant toutes lettres — Prise de la
Bastille (A Paris, chez Basset).* Epr. tirée *en
bistre.* — Ens. 4 pièces.

133 *bis.* — *Prise de la Bastille le 14 juillet 1789 par
les citoyens et les ci-devant Gardes françaises (A Paris, chez Mondhare et Jean).*
Curieuse pièce in-fol. *coloriée — Prise de
la Bastille.* Jolie petite pièce ronde, *coloriée.
Rare.* — Ens. 2 pièces.

134. — *Vue et perspective de la Lanterne à la Journée
du 14 juillet, jour de la prise de la Bastille*

(*Rue du Renard St Médéric, au 3eme à Paris,
1789*). Pièce in-fol. Superbe épreuve tirée
en bistre, grandes marges. Rare.

135. — *1re attaque de la Bastille prise d'assaut en
3 heures de temps le 14 juillet 1789.* Gravé
en couleurs par Guyot. Très belle épr.,
marge.

136. — *Prise de la Bastille par les Gardes Françaises
et les Bourgeois de Paris le mardi 14 juillet 1789 (A Paris, chez Bance).* Jolie pièce
gravée **en couleurs**. In-4, belle épreuve.

137. — *Prise de la Bastille.* **Dessin original** au lavis
et aquarelle — *Prise de la Bastille.* **Dessin
original** à la sanguine. — Ens. 2 pièces.

138. — *Prise de la Bastille.* **Dessin original** au crayon
d'Italie par **Prieur**. Belle pièce.

139. — *Prise de la Bastille. C'est ainsi que l'on punit
les traîtres.* Deux gravures imprimées sur
une même feuille. *Rare — Chasse patriotique à la grosse bête.* — Ens. 2 pièces *coloriées.*

140. — *Le triomphe de la Liberté ou l'Elargissement
de la Bastille.* Gravé par Gillray, d'après
J. Northcote (*London, publ. 1790*). Gr. in-fol.
— *Vive la liberté, Vive la Liberté* (Comte de
Lorges). Gravure *coloriée.* Très belle épr.,
grande marge — *Portrait véritable de
l'Homme au masque de fer.* Aqua-tinte. Belle
épr. — Ens. 3 pièces.

140 *bis.* — *La Prise de la Bastille (A Paris, chez An-
gelionne).* Imagerie avec complainte — *La
Prise de la Bastille.* Imagerie d'Orléans.
Epr. moderne. — Ens. 2 pièces.

141. — *L'Heure première de la Liberté.* Gravé par
L. Carpentier. Très belle épreuve, grandes
marges — *M. de Romagne, poëte détenu à la
Bastille (A Paris, chez Mme Bergny).* Portrait

en couleurs — *Bravo vive la Constitution, l'on me rendra justice, mes fers seront brisés, je triompherais du vice.* Gravure *coloriée.* Belle épr., toutes marges — *Prise de la Bastille et du sieur de Launay; Prise du sieur Bertier et son entrée à Paris,* 2 pièces — *Evénement de la nuit du 14 au 15 juillet 1789.* Gravé par Janinet. — Ens. 6 pièces.

142. — *Pro patria vincere aut morit.* Dédié à la Nation, J.-B. Cretaine âgé de 60 ans blessé à l'attaque de la Bastille. Curieuse pièce *coloriée.* Très belle épr., toutes marges. — *L'Egalité de la Nature dans les trois ordres.* Pièce satyrique sur les suites des journées des 12, 13 et 14 juillet 1789. *Coloriée.* — *Sarcophage.* Projet pour les victimes de la Bastille. — *Image fidelle du tombeau sous lequel ont été placés les cadavres trouvés à la Bastille, par les soins et frais de P. F. Palloy, patriote.* Belle épr. à toutes marges. — Ens. 4 pièces.

143. — *Joseph Arné grenadier.* Portrait avec sujet au-dessous le représentant arrêtant Delaunay. Gravé **en couleurs** par Aug. Le Grand. Très belle épr. avec marge. Jolie pièce.

144. — *Portraits d'après nature des Srs Harné et Humbert (A Paris, chez Basset).* Très belle épr. *coloriée* — *Portraits des mêmes,* dans 2 médaillons, formés par des lauriers. 2 pièces *coloriées* — *Portraits des mêmes,* avec au bas la démolition de la Bastille et Chansons. Imagerie de l'époque. *Très rare.* — Ens. 4 pièces.

145. — **Dessin original** de **Paul Delaroche** (*Au lendemain de la prise de la Bastille*). Il a été mis au carreau pour être gravé.

146. — *Généreux dévouement des Gardes Nationales Parisiennes, au service de la Patrie;* pré-

senté et gravé par Louvion, né Citoyen,
juil. 1789. Jolie pièce. Belle épreuve finement *coloriée*.

147. — *Démolition de la Bastille* (*A Paris chez Denis*)
Très belle épr. *coloriée*, grande marge —
Vive la Liberté (Ronde d'enfants dansant
la Carmagnole devant la Bastille en démolition). Joli pièce *coloriée*. Très belle épr. à
toutes marges. Rare. — Ens. 2 pièces.

148. — *Démolition de la Bastille*. Gravure anonyme
en couleurs — *Vue de la Grande Façade de
la Bastille du côté de l'arsenal prise au moment de la démolition*. Gravé par Roger,
d'après Pernet (*A Paris chez le Campion
frères*). Très belle épr. **en couleurs**, marges.
— Ens. 2 pièces.

148 bis. — *Démolition du Chateau de la Bastille*. —
Démolition de la Bastille le 17 juil. 1789.
(*Paris, Hocquart*). — Ens. 2 pièces, vues
d'optiques *coloriées*. Belles épr.

149. — *Vue du jardin de la Bastille où se promenais
quelques prisonniers*. Dess. d'après nature
le 25 juillet 1789 par Guyot. A. P. D. R. Jolie
pièce ovale imp. **en couleurs** Belle épreuve
— *Monument du despotisme, commencé sous
Charles V en 1369, achevé en 1383, pris le
14 Juillet 1789 et démoli aussitôt après* (*A
Paris chez Barra*). Curieuse pièce *coloriée*.
— Ens. 2 pièces.

150. — *Les Citoyens et les Citoyennes traînent le pont
levis et vont le bruler sur la place de la
Bastille tandis que le peuple remue la terre
et enterre le monument du Despotisme*. **Beau
dessin original de l'époque** avec quantité de
personnages. Curieux et intéressant.

151. *Le Calculateur patriote 1789* — *C'est ainsi
qu'on venge les traitres*, 2 pièces à l'aqua-

tinte — *La journée mémorable de Versailles
le lundi 5 oct. 1789.* Gravure *coloriée.* Belle
épr. — Ens. 3 pièces.

152. *A Versailles, à Versailles. Du 5 Oct. 1789.*
Très curieuse pièce *coloriée.* Très belle épr.
à toutes marges — *Départ des Femmes pour
Versailles.* Eau-forte — *Exécution de la sentence rendue par la milice bourgeoise de Si-
vrai en réparation de l'injure faite à la Nation
et au Roi par le C... de ..., qui avait attaché
la cocarde nationale à la queue de son chien,
dont il fut condamner de baiser 3 fois le
derrière.* Pièce rare. — Ens. 3 pièces.

153. *Sans vous je périsait* (sic). *A la gloire des
Français le 14 Juillet 1789.* Gravure *coloriée,*
toutes marges — *Le Republicain Palloy au
Citoyen Général en chef de l'armée de ...
Sceaux, an 4.* 3 pp. in-4, avec vignette en
tête : *Souveraineté du peuple, destruction
du clergé et de la royauté — Discours prononcé le 12 mars et 15 avril l'an 4ᵉ, par
le citoyen Palloy.* 2 pièces imprimées —
*Louange au Peuple français. Hommage à
l'Assemblée Nationale.* Par Palloy, patriote. 2 placards imprimés — Ens. 6 pièces.

154. *Les voyageurs de nuit.* Estampe satyrique sur
l'abbé Maury. Belle épr. *coloriée — Ci-devant
duc d'Aiguillon. Passe salope.* 2 épreuves,
dont une à toutes marges. — Ens. 3 pièces.

155. *Théroigne de Méricourt* (Elle se regarde dans
un miroir). Gravure anonyme. Très belle
épr. à toutes marges. *De toute rareté.*

156. — *Théroigne de Méricourt.* (On voit une main qui
lui découvre la poitrine). Gravure anonyme.
Très belles épr. *avant toutes lettres. De
toute rareté.*

157. — *A Versailles, à Versailles.* Curieuse gravure
imp. *en bistre,* où l'on voit Théroigne de

N° 147 du Catalogue

Méricourt qui marche en avant du duc d'Aiguillon. *Rare*.

158. *Cocarde Royale et de la Liberté*, Imagerie avec texte, imprimée et *coloriée*. Rare — *Dédié aux représentans de la Nation* (Projet de de pyramide à élever avec des pierres de la Bastille, par P. F. Palloy, patriote. Belle épr. toutes marges — *Alégories sur Louis XVI*. 2 pièces. — Ens. 4 pièces.

159. *Caron refuse l'entrée des Champs-Elysées à Delaunay, Flesselles*, etc. Gravure *coloriée*. — *Copie de la lettre du Curé de St-Gaudent*,

écrite à son confrère. Avec portrait. — *Le retour triomphant des Héroïnes françaises de Versailles à Paris le 6 oct. 1789.* Gravure *coloriée.* — *Ouverture des Etats-Généraux; Prise de l'Hôtel-de-Ville,* 2 vignettes *avant toutes lettres.* — Ens. 5 pièces.

160. *Jean Sifrein Maury.* Gravé par F. Godefroy, d'après Bernard d'Agessi. In-fol. Belle épr., grandes marges — *J. S. Maury.* Portrait in-18 — *Etrange aventure arrivée à M. l'abbé Mauri* — *Le Veau d'or.* Caricature sur l'abbé Maury. *Coloriée.* — *L'Enragé ou l'avocat des Aristocrates.* Gravure *coloriée.* — *Punition de J. F. Mauri.* Gravure *coloriée.* — Ens. 6 pièces.

161. *Pour avoir passé les bornes il s'est cassé le nez* — *Chassés le naturel, il revient au galop.* — *l'abbé M... chassé des Enfers* — *Le voyageur ou les échasses* — *Danse aristocrate* — Ens. 5 pièces sur l'abbé Maury. Belles épr. *coloriées.*

162. *Les deux diables en fureur* — *Jugement en dernier ressort de l'aristocratie aux Enfers* — *On ne peut trop les punir...* — *Journée du 13 avril, l'abbé M... sortant du n° 21 rue Ste-Anne.* — *Eh, l'abbé, l'abbé, prend garde à la lanterne...* — Ens. 5 pièces sur l'abbé Maury, dont 3 *coloriées.*

163. *L'Assemblée des Aristocrates.* 3 pièces différentes, dont une à l'eau-forte, et 2 *coloriées.* — *L'Assemblée des Aristocrates ou l'Harmonica des Aristocruches.* — *Les Français donnent les Aristocrates au diable* — *Ménagerie Nationales.* 2 pièces différentes — *Dernière fin des aristocrates* — Ens. 8 pièces, dont 6 *coloriées.*

164. **Mirabeau.** — *Mirabeau chef d'une légion de l'Armée noire et jaune en grand uniforme.*

Se vend à Coblentz et à Paris, chez le
Sr Laqueille. Curieuse pièce *coloriée* — *A cet
ardeur de boire, à ce ventre en tonneau qui
ne conaitrai le cadet Mirabeau* — *Avec au-
tant de matière on peut faire des déjeuners.*
Colorié — *Mirabeau Tonneau 1791* — Ens.
4 pièces.

164 *bis* — *Rencontre de Mr de Mirabeau et Mme de Vil-
leroy à Aix-la-Chapelle.* Curieuse caricature
— *M. Mirabeau prêt à partir pour Aix-la-
Chapelle coeffé du chapeau de l'aristocratie
par son ami l'abbé Maury.* Belle épr. *coloriée* — *Journée du 13 avril. Allons M. le
Vicomte, voici le moment de monter à
l'échelle. Colorié.* — *Le Grand Colonel
Tonneau allant à son régiment* — *Mirabeau
Tonneau à Kiel, voulant tuer un de ses pères
nourriciers* — Ens. 5 pièces.

165. *Le Sort mérité* — *M. B. sq...r prenant une
leçon d'escrime en attendant l'audience*
— *Je suis comme le tems au gagne Petit* —
Ecce Homo — *Je n'en crois rien* — *Le Per-
ruquier patriote* — *Ma finte pour ce coup
cy y nen reviendront jamais.* — Ens. 7 pièces.
dont *4 coloriées*.

166. *Portrait de M^r le Marquis de Favras.* Dans le
bas, sa pendaison. Gravure *coloriée*. *Très rare*
— *Exécution de M^r le Marquis de Favras.*
Avec Complainte. *Coloriée. Rare.* — Ens.
2 pièces. Belles épreuves.

167. *Exemple ou (Conspirateur contre l'Etat). Pénitence. Contrition.* Dess. et gravé le 19 février 1790. 2 pièces tirées *en bistre* sur la
même feuille. Belle épr. *Très rare* — *Evènement du 19 fév. 1790* (Jugement de Favras).
— Ens. 2 pièces.

167 *bis. Caricatures sur les Aristocrates.* Suite de
7 planches gravées et *coloriées*, contenant
27 figures. Belles épreuves. *Rares.*

168. *L'Homme au Assignats*. 2 pièces différentes —
Rebus sur les assignats. 2 pièces *coloriées*
— *Fesse Mathieu*. Pièce ovale — etc. —
Ens. 6 pièces.

169. *Les Premiers Martyrs de la Liberté, ou le Mas-
sacre de la Garde Nationale de Montauban
le 10 may 1790*. Gravé par J.-B. Simonet,
d'après Espinasse. In-fol. — *Le Curtius Français ou la mort du Chevalier d'Assas*. Gravé
par Simonet, d'après Moreau le jeune —
Tombeau de d'Assas. Dédié au Dép' du Gard
par Palloy — *Evènement du 8 février 1790*.
Gravé par Janinet. — Ens. 4 pièces.

170.   *Desilles à la porte Stainville (Se vend chez
Jauffrey)*. In-fol. Belle épr. toutes marges —
Tombeau de Desilles. Dédié au dép' de la
Meurthe par Palloy — *Convoi funèbre des
Gardes Nationaux de Metz, morts à Nancy
pour la défense de la Loi du 31 aoust 1790*.
Eau-forte anonyme. *Très curieuse et très
rare* — Ens. 3 pièces.

171. *Voici la récompense des Soldats de Château-vieux*.
Pièce ronde, gravée par Charpentier 1792.
Belle épr. *en bistre*, toutes marges — *Les
jacobins lavent leur confrères galériens,
soldats de Château-vieux*. — *La Philosophie
et le Patriotisme vainqueurs des préjugés*
(Réhabilitation des frères Agasse). Dess.
par Maréchal 1790. Gravé par Picquenot. In-
fol. Belle épr. — Ens. 3 pièces.

172. *Serment civique*. Gravé par Genisson. Dess. par
D. R. In-fol. Belle épr. *en bistre* — *Banquet
civique donné par les Gardes Nationales
de Lille aux troupes de la garnison le 27 et
28 juin 1790*. Dess. et gravé par Albane. Gr.
in-fol. — Ens. 2 pièces.

173. *Serment civique de St-Etienne du Mont*. Pièce
ovale. Gravé **en couleurs** par Guyot. Belle
épr., grandes marges.

174. **Bericourt**. *Un coin du Champ de Mars pendant les préparatifs de la Fédération.* **Très curieuse aquarelle** originale de *Béricourt.* In-fol.

175. *Ceux qui ont vu le Champ de Mars...* (Travaux de la Fédération) (*A Paris chez Chereau*). *Colorié.* — *Une Famille patriote travaillant au Champ de Mars.* Pièce ovale imp. *en sanguine* — *Le Roi piochant au Champ de Mars.* — Ens. 3 pièces.

176. *Cérémonie de la Confédération Nationale...* (*A Paris chez Chereau*) — *Arrivée du Cortège à la Tribune...* (*A Paris chez Chereau*) — *Vue du Champ de Mars dit de la Fédération...* — *Vue du Plan du Champ de Mars...* — *Serment civique prononcé au Champ de Mars.* Pièce ronde. — Ens. 5 pièces *coloriées.*

176 *bis. Confédération des Français à Paris, l'an 2ᵉ de la liberté, 14 Juillet 1790.* Dess. sur les lieux aux moment de la scène par Gentot et gravé par lui-même. In-fol. Belle épr., grande marge — *Vue du Champ de Mars, le 14 de Juillet, au moment du serment des confédérés.* In-fol., eau-forte — *Pacte fédératif des Français le 14 juillet 1790.* Dess. et gr. par Girardet — *Vue d'un rocher élevé dans le centre du Camp de la Fédération tenu sous les murs de Lyon.* (*A Lyon chez Gentot*) — *Ens. 4 pièces.*

177. *Cocarde* qui se portait au Serment Fédératif (*Paris, chez Levachez*). Jolie petite pièce gravée **en couleurs**. Très belle épr., grandes marges. *Rare.*

178. *Le Triomphe des Français du 14 juill. 1790.* Avec complainte — *Confédération nationale du 14 juill. 1790.* (*A Paris, chez Angeliam*). Avec complainte. 2 épreuves, 1 en noir et 1 *coloriée* — *Confédération Nationale du*

14 juillet 1790 (à Paris, chez Basset). **Avec** complainte et portrait de Bailly et *Lafayette.* — Ens. 4 pièces, dont 3 *coloriées.*

179. *Vue du Champ de Mars, à l'instant où le Roi, les députés à l'Assemblée Nationale et les fédérées réunis, y prononcent leur serment civique le 14 juil. 1790.* Gravé **en couleurs** par **Janinet.** Très belle épr. *avec la lettre grise,* grandes marges.

180. *Vue perspective du Champ-de-Mars, jour du serment civique prononcé par la Nation Française assemblée à Paris le 14 juillet 1790.* Gravé **en couleurs** par Chapuy. Très belle épreuve d'une grande fraîcheur.

181. *Serment civique.* 4 petits sujets ovales et ronds. Gravés **en couleurs** par Guyot. Belles épreuves.

182. **Béricourt.** (*Le Lendemain de la Fédération, le district de Henri IV donna une fête devant la statue de ce Roi*). Très belle et intéressante **aquarelle originale** de *Béricourt.*

183. **Bal de la Bastille.** Gravé **en couleurs** par **Le Cœur,** d'après Swebach-Desfontaines *(A Paris, chez l'auteur).* Belle épreuve de cette jolie et *rare* pièce.

184. *Vue et perspective des Champs-Elysées du mercredi 14 juillet 1790.* Gravé **en couleurs** par **Janinet.** Très belle épr. à grandes marges. Jolie pièce *très rare.*

185. *Bal aux Champs-Elysées le mercredi 14 juillet 1790.* Très joli **dessin original** au crayon d'Italie.

186. *Ici l'on danse. Vue de la décoration et illumination faite sur le terrein de la Bastille pour le jour de la Fête de la Confédération Française le 14 juill. 1790. (A Paris chez Chereau).* Curieuse et *rare* pièce, *coloriée.*

N° 9 du Catalogue

N° 92 du Catalogue

N° 123 du Catalogue

N° 134 du Catalogue

187. *Sur les décombres du despotisme. Transparent exécuté le 14 juillet l'an 2e*. Dans le bas les portraits de Louis XVI, *La Fayette* et Bailly — *Vue de la Fête donnée aux Champs-Élysées*. Gravure à l'aqua-tinte. — Ens. 2 pièces.

188. *Projet d'un monument pour consacrer la Révolution*. Gravé par Sellier en 1790. In-fol. — *La France accompagnée de Minerve vient complimenter M. de La Fayette du Serment civique...* Pièce ronde *coloriée* — *Serment civique prononcé au Champ-de-Mars le 14 juill. 1790*. Pièce ronde *coloriée* — 4 pièces diverses sur le Serment civique. — Ens. 7 pièces.

189. *Bas relief de l'autel de la Patrie, mars 1791*. Gravé en *couleurs* par Guyot, d'après Le Sueur — **Dessin original** représentant la même pièce. Ens. 2 pièces.

190. *Fête de la Fédération*. 3 pièces ovale et rondes tirées *en bistre* sur la même feuille — *1re Frise de l'Arc de Triomphe élevé au Champ de Mars pour la Fédération*. Gravé par Massard. — Ens. 2 pièces.

191. Trois sujets en forme de frises, pour servir à *l'Histoire de la Révolution Française* (*A Paris, chez Joubert*). Avec le prospectus de publication. Épr. à toutes marges.

192. 2 gravures allégoriques en forme de frise. Inv. et dess. par Moitte. Très belles épreuves **imprimées sur satin**.

193. *14 juillet 1789, 14 juillet 1790*. (Allégorie sur la Prise de la Bastille et la Fédération). Jolie pièce imp. *en bistre* — *Certificat* délivré au Sr Legendre, député, à la Confédération Nationale. Cachet — *Cupidon, tambour-major national*. Avec complainte (*A Paris, chez Driancourt*). — Ens. 3 pièces.

194. *Les Aristocrates désespérés d'apercevoir la fête du 14 juillet au Champ de Mars*. Curieuse pièce in-fol. Belle épr. *coloriée*, toutes marges — *On m'attend aux Feuillants. Colorié*. — Ens. 2 pièces.

195. **Voltaire** *et* **Rousseau.** — *Il ôte aux Nations le bandeau de l'erreur* (Buste de Voltaire). Gravé par Demautort — *Le Tombeau de M. F. Arouet de Voltaire à Fernay*. Avec son portrait au dessus. Gravure anonyme — *Honneurs rendus à la mémoire de Voltaire le jour de la 1ere représentation de Brutus* — *Vue du Chateau de Voltaire, du côté du nord et du côté du couchant*. 2 pièces gravées par Quéverdo — *Vue des délices de M. de Voltaire, près Genève*. Gravé par Quéverdo. — Ens. 6 pièces.

196. — *J. J. Rousseau* (A Paris, chez Chereau). Très belle épr. *coloriée*, grande marge — *L'Hermitage de Montmorency*. Dess. par H. Vernet. Gravé par *Debucourt*. — Ens. 2 pièces.

196 *bis*. — *Les Dernières paroles de J. J. Rousseau*. Gravé par Guttemberg, d'après Moreau — *Monument projeté à la gloire de J. J. Rousseau*. Très belle épr. *avant toutes lettres*, à toutes marges — *Vue du Tombeau de J. J. Rousseau dans l'isle des Peupliers à Ermenonville*. Gravé en 1781 par Godefroy. In-fol. — Ens. 3 pièces.

197. — *Les Cendres de Voltaire et de J. J. Rousseau sont portées au tombeau des Grands Hommes*. Dess. par Boiseau. Gravé par Colibert (A Paris, chez Basset). Très belle épr. à toutes marges — *Le Tombeau de Voltaire*. Dédié à Mᵐᵉ de Villette, Dame de Ferney. C. M. Sculp. (A Paris, chez Alibert et chez Le Noir). — Ens. 2 pièces.

198. — *Le Génie de Voltaire et de Rousseau conduisit ces écrivains célèbres au Temple de la Gloire*

et de l'Immortalité (A Paris, chez l'auteur
et chez Martinet). Très belle épr. coloriée, à
toutes marges — Voltaire et Rousseau flam-
beaux de l'Univers. Très belle épr. coloriée,
à toutes marges. — Ens. 2 pièces.

199. — Ordre du cortège pour la translation des Manes
de Voltaire le lundi 11 juillet 1791 (A Paris,
chez Basset). Très belle pièce in-fol., coloriées, toutes marges. Rare.

200. — Le Flambeau de la France (Voltaire et Rousseau
au centre d'un calendrier qui forme cocarde).
Très jolie petite pièce **en couleurs.**

201. — Le Flambeau de l'Univers (Franklin, Rousseau
et Voltaire). Très jolie pièce ronde **en
couleurs.** Très rare.

202. — Voltaire; Rousseau. Portraits en médaillons.
2 pièces imp. en couleurs — Barnave. Portrait en pied, in-fol., gravure à la manière
noire. Rogné — Le Tems ou le Moissonneur
moderne. Pièce ronde — etc. — Ens. 6 pièces.

203. Le Père Duchesne. Vivre libre ou mourir, foutre.
Son portrait la pipe à la bouche. Gravé en
couleurs — Père Duchesne lisant aux astres
— Le Père Duchesne et Jean Bart — Il est
bougrement en colère le Père Duchesne. —
Le Père Duchesne et ses fourneaux — Je
suis le véritable père Duchesne, 2 numéros
— La Vertu fuit, le crime l'épouvante. Pièce
sur l'abbé Fauchet. — Ens. 8 pièces.

204. Signe de ralliement des Chevaliers du Poignard
(Louis XVII) — Copie exacte des infames
poignards dont étaient armés ceux qui ont
été arrêtés ou chassés des Thuileries par la
Garde nationale le 28 fév. 1791 — Arresta-
tion et désarmement des suspects au Ch^{au} des
Tuileries — Le 28 février 1791 (Désarmement
des Chevaliers du Poignard). Belle pièce.
Très belle épr. à toutes marges. Rare. —
Ens. 5 pièces.

205. *La Liberté des Entrées (A Paris, chez Girardet)*
— *Le doyen des Fermiers Généraux porté
par quatre commis aux Barrières*. Belle épr.
coloriée, à toutes marges — *Caricature sur
les Fermiers Généraux*. Gravure coloriée —
*Convoy d'un Fermier général mort de cha-
grin de la catastrophe du 1er mai 1791*. Curieuse pièce. — Ens. 4 pièces.

206 *Le Mai des Français ou les Entrées libres*. Curieuse
pièce à l'aqua-tinte dans un encadrement
tiré *en bistre*. Belle épr., toutes marges.

207. **Mirabeau.** — *Honoré Riquetti Mirabeau est jugé
digne des honneurs que la Patrie donne aux
grands hommes*. Portrait avec scène au bas.
Gravé **en couleurs** par **Guyot**. Superbe épr.
à toutes marges, *conservation parfaite*.

208. — *Mirabeau*. Portrait gr. in-fol., dess. et gravé
par Bréa d'après le buste moulé sur nature
par Desenne. Épr. *avant la lettre*.

209. *Allez dire à ceux qui vous envoyent...* Portrait
de Mirabeau, dess. et gravé au Physionotrace par Quénedey. Pièce ronde. Belle épr.,
rare.

210. — *Mirabeau*. Portrait grav. par Fiesinger, d'après
Guérin — *Mirabeau*. Portrait ovale, ano-
nyme — *Mirabeau l'aîné*. Gravé par Voysard
— *Il ôte aux nations le bandeau de l'erreur*
— *Dernières paroles de Mirabeau*. Gravé
par Delaunay le jeune, d'après A. Borel —
H. G. Riquetti Mirabeau. Pièce allégorique
avec son portrait. — Ens. 6 pièces.

211. — *M. Mirabeau remettant à M. de Talleyrand
son ouvrage sur les successions, en présence
de Mr de la Marck*. Gravure anonyme imp.
en bistre. Belle épr., grandes marges —
*Mirabeau quoique mort est toujours gravé
dans nos cœurs...* Gravure à l'aqua-tinte tirée
en bistre — *Mirabeau arrive aux Champs-*

Elysées. Gravé par Masquelier, d'après Moreau le jeune. — Ens. 3 pièces.

212. — *Galerie Mirabeau l'an IIIe de la Liberté*. **Dessin original** au lavis, avec le portrait de Mirabeau — *Aux Grands Hommes la Patrie reconnaissante — Dormir... Vue du Cercueil de Mirabeau — Hommage rendu à la mémoire de Mirabeau*. Gravé par Gaucher 1792. 2 épreuves, dont l'une *avant la lettre*. — Ens. 5 pièces.

213. — *Mirabeau*. Son portrait et 5 sujets sur une feuille en forme d'éventail. Gravé par Le Beau. Belle épr., marge. Belle pièce.

214. *Épicier droguiste du château (D'André)*. Portrait dans un pain de sucre (*A Paris, chez Villeneuve*). Belle épr. *en couleurs — Son Patriotisme est en canelle* (Caricature sur d'André). Belle épr. imp. *en bistre*, toutes marges — *Les Marseillais conduisent le buste de Raynal à l'hopital des fous — L'Abbé Raynal en délire*. Gravure *coloriée*. Belle épr. à toutes marges. — Ens. 4 pièces.

215. *Lettre du traître Bouillé sur la follie des Tyrans*. Gravure *coloriée* à toutes marges — *Le Trium-Geusat*. Portraits de Frédéric, Brunswick et François, dans une lanterne (*A Paris, chez Villeneuve*). *Rare*. — Ens. 2 pièces.

216. *Déguisement aristocrate*. Gravure *coloriée*, à toutes marges — *La Petite Contre-Révolution, tragi comédie en 4 actes exécutée à Strasbourg le 3, 15, 16 et 17e janv. 1791 — Dom Chabot, député par l'Assemblée pour donner les étrennes à la Nation*. — Ens. 3 pièces.

217. *Françaises devenues libres (A Paris, chez Villeneuve)*. Jolie pièce ovale gravée *en couleurs — La jeune Patriote*. Schleick direxit. Pièce ovale *coloriée — Jeune Française*

allant au Champ de Mars faire l'Exercice.
Curieuse pièce *coloriée — Trait d'héroïnes
ou Zele Patriotinnes.* Curieuse image populaire avec chanson (*A Paris, chez Morret*)
Très rare. — Ens. 4 pièces.

218. *La Dévideuse patriotique.* 3 pièces différentes,
2 *coloriées*, 1 *en bistre — Les Efforts patriotiques.* — Ens. 4 pièces.

219. *La Graine de Niais.* Caricature contre la Constitution — *Banque de Vauvineux. La Graine
de Niais.* (Caricature contre Vauvineux,
Condorcet, Brissot, etc.). Pièce ovale. — Ens.
2 pièces.

220. *G. J. B. Target (A Paris, chez Basset).* Belle épr.
tirée *en bistre*, toutes marges — *G. J. B.
Target, avocat. (A Paris, chez le Vachez).*
Belle épr. à toutes marges — *Dans la main
de Target que la balance de Thémis est juste.*
Gravure *coloriée.* Belle épr. à toutes marges.
— Ens. 3 pièces.

221. *Chute prochaine de la fille à Target (Chez Webert,
au Palais-Royal) — L'Expirante Targinette.*
Curieuse pièce. — Ens. 2 pièces, belles épr.
imp. *en bistre.*

222. *En reviendra-t-elle? Colorié — Nous verrons qui
l'emportera — Halte la, Monstres.* Pièce
ovale — *O Soleil, viens me dicter une Constitution... — Le feu sacré du Patriotisme
les animent tous.* — Ens. 5 pièces sur la
Constitution.

223. *La France Libre. Le Roi a signé la Constitution
le 14 7bre 1791.* Mme Prevost scripsit. Belle
pièce. Belle épr. *coloriée — La Constitution
paraît sur un pied destal...* (*A Paris, chez
Chereau*). Belle épr. *coloriée — Allégorie à
la Constitution, dédiée à la Nation Française.* Par Didier. — Ens. 3 pièces.

224. *Constitution Française.* Gravé par Copia, d'après Prudhon. In-fol. Très belle épr. à toutes marges — *La Loi, l'Egalité.* 2 pièces grav. par Copia, d'après Prud'hon. Belles épr. *avant la lettre*, à toutes marges. — Ens. 3 pièces.

225. *Digestion de la Constitution.* Pièce ovale — *Le Français régénéré par la Constitution.* Inv. et gravé par Hennequin. In-fol — *La Balance de Thémis.* 3 pièces différentes imp. *en bistre* — *Brissot mettant ses gands.* Pièce ronde. — Ens. 6 pièces.

226. *Les braves brigands d'Avignon.* Curieuse pièce à l'aqua-tinte — *Les Massacres d'Avignon.* Gravure imp. *en bistre*, tiré de l'ouvrage de Boyer de Nîmes. — Ens. 2 pièces.

227. *Il n'a qu'à venir, il sera traité de la sorte.* Caricature sur le prince de Condé. In-fol. Très belle épr. *coloriée*, à toutes marges — *Retour de deux Emigrans (A Paris, chez Villeneuve).* Pièce ovale imp. sur fond *rouge*. Belle épr. — Ens. 2 pièces.

228. *Un émigré calculant les victoires du Petit Condé.* **Dessin original** à la plume et aquarelle — *Le Va-t-en voir du Petit Condé — Aide de Camp porteur des nouvelles de Varennes au Petit Condé — L'Echasseur pigmée de Wormes envoié extraordinaire à Mr, réfugié à Mons.* 3 pièces *coloriées* à toutes marges. — Ens. 4 pièces.

229. *Le Conseil électoral — Revue du Général Fayence contre révolutionnaire.* — Ens. 2 pièces in-fol. *coloriées.* Caricatures sur le prince de Condé.

230. *La Foire de Coblentz ou les Grands Fantoccini Français.* Caricature in-fol. sur Condé. Belle épr. *coloriée. Rare.*

231. *Grande Armée du ci-dev^t Prince de Condé.* Belle et curieuse pièce in-fol. à l'eau-forte. Belle épr.

232. *Marche du Don Quichotte moderne pour la défense du Moulin des Abus.* Caricature in-fol. sur le Prince de Condé. Belle épr. à toutes marges; *coloriée.*

233. *La Contre Révolution.* In-fol., *colorié — Le même sujet,* épr. imp. *en bistre,* tirée de l'ouvrage de Boyer de Nîmes. — Ens. 2 pièces.

234. *L'Attaque de la Constitution — Défaite des Contre Révolutionnaires.* — Ens. 2 pièces in-fol., 1 *coloriée.*

235. *La Contre Révolution ratée, ou les Panniers percés.* In-fol., *colorié.*

236. *Le Petit Condé piquant des deux l'Autruche sur lequel il est monté — Je suis de la ci-devant Noblesse... Colorié,* toutes marges — *Pas de deux entre un Jacobin et un Feuillant.* Pièce ovale — *Le Jeu de l'Emigrette.* — Ens. 4 pièces.

237. *La France, que fais-tu la Coquin? Mon... ou (Montesquiou). Je n'ai pas de compte à vous rendre — Le même sujet.* Petite pièce ronde — *Le même sujet.* Pièce imp. *en bistre,* tirée de l'ouvrage de Boyer de Nîmes — *La Toupie d'Allemagne. Colorié.* — Ens. 4 pièces.

238. *Le Ministre Linotte déclarant la guerre à la Noblesse.* Pièce ovale à l'aqua-tinte, toutes marges — *La Chûte du Ministère Linotte — La Constitution entre les mains de Brissotin.* Pièce ronde — *Le Peintre amoureux de son modèle.* Pièce ovale à l'aqua-tinte. — Ens. 4 pièces.

239. *Jérôme Pétion de Villeneuve, ex-député de Chartres, maire de Paris.* Portrait gravé par

Le Campion, d'après Pérignon (*A Paris, Chez Fillion et Valmont*). Très belle épr. **en couleurs**, à toutes marges.

240. *Pet... Merdeux* (Petion). Curieuse pièce imp. *en bistre — Avis aux honnêtes gens. Des trois le meilleur ne vaut rien.* Rébus sur Pétion, Bailly et *Lafayette.* Belle épr., toutes marges. — *L'aspirant Maréchal de France* (Luckner) *apprenant l'art de la guerre sur les quais de Paris. Colorié* — Ens. 3 pièces.

241. *Carte du 4° Passage du Rhin effectué par l'Armée Française de Sambre-et-Meuse par la tête du pont de Nieuwied et la Battalle livré aux Impériaux près de cette ville.* Dédié au G⁰ˡ de division Le Fevre, de la part de A. Robert. Pièce *rare*, in-fol. *coloriée.*

242. **Clergé**. — *Provision pour le Couvent. Réception au couvent.* Ens. 2 pièces faisant pendants, gravées *en couleurs.*

243. — *Provision for the Couvent.* Gravure anglaise à la manière noire — *L'Absolution.* Gravure imp. *en bistre — La Provision échappée.* — Ens. 3 pièces.

244. — *Father Paul in his Cups, or the Private Devotion of a Couvent.* (*London, printed for R. Sayer and J. Bennett, 1778*). Curieuse et rare pièce *en couleurs.*

245. — *On nous à tous réduit qu'à prier Dieu.* Très belle épr. *en bistre*, à toutes marges (tiré de l'ouvrage de Boyer de Nîmes) — *Quid sum?* Gravure imp. *en bistre.* — Ens. 2 pièces.

246. — *Le Père l'abbé quille général des Bénédictins — Le Père nicieux jacobin — Le Père-vers jacobin — Réforme des différens droits féodaux et de la dime le 11 Aoust 1789 — Nouvelle Sinagogue de l'ancien curé de St-Sulpice.* — Ens. 5 pièces, dont 2 *coloriées.*

247. — *Vie très croyable des Moines.* Inv. et grav. par Walkeheim. Curieuse pièce.

248. — *Voilà ce que c'est que d'en avoir trop. — Jadis je fus un bon gros moine... — Il faut donc mourir.... — etc.* Ens. 10 pièces *coloriées* (une en noir).

249. — *Hélas je ne peut vous donné puisque l'on m'a tout ôté — L'abbé d'aujourd'hui. L'abbé d'autrefois — Le Dentiste Patriote — M. l'abbé vous êtes razé — Don patriotique d'un Capucin — Il fut un temps, ce temps n'est plus — Le grand mal de cœur de Monseigneur, etc.* — Ens. 8 pièces *coloriées.*

250. — *Ils les avaient trop longs — Le Dentiste national — L'abbé Grimaud pleure ses bénéfices — Voilà ce que c'est que de les avoir trop longs — Je vous l'avait bien dit M. L'Abbé qu'il fallait mieux ployer que de rompre.* — Ens. 5 pièces *coloriées.*

251. — *Ils sont passés ces jours de fête — Heum! si je l'avais prévu... — La Coupe des Bois — Oh, oh, oh, mon Cousin comme Diable vous voila... — Etrenne du Tiers Etat au Clergé* — Ens. 5 pièces, dont 4 *coloriées.*

252. — *Ils ne voulaient que votre bien — Le même sujet.* Epr. en *bistre* tirée de l'ouvrage de Boyer de Nîmes — *Le froc aux orties et la liberté des religieux et religieuses — M. le juif voulez-vous faire une emplette... — Les Aristocrates aux Capucins — Le tems donnant les cendres à la Noblesse et au Clergé.* — Ens. 6 pièces, dont 4 *coloriées.*

253. — *Le moine qui se fait séculariser — Le départ de la Ste-Famille — Décret de l'Assemblée Nationale qui supprime les ordres religieux et religieuses, le mardi 16 fév. 1790.* Curieuse — *On me raze ce matin. Je me marie ce soir.* — Ens. 4 pièces *coloriées.*

N° 156 du Catalogue

254. — *Abolition des vœux de Chasteté.* Jolie pièce gravée **en couleurs**, *avant toute lettre*. Belle épreuve. *Rare.*

255. — *L'Ennui et la folie nous avaient jetté dans les Cloîtres mais la raison nous rend du monde.* Gravure *coloriée* — **Dessin original** à la sépia, rehaussé de blanc, de la gravure ci-dessus — Ens. 2 pièces.

256. — *Eh ! bien mon fils, j'avais raison de dire qu'il fallait mieux être citoyen, qu'abbée.* Gravure *coloriée* — **Dessin original** à la sépia, rehaussé de blanc, de la gravure ci-dessus. — Ens. 2 pièces.

257. — *Le Tiers Etat mariant les religieux avec les religieuses — Les Moines apprenant à faire l'exercice — L'Ecclésiastique réfractaire — Qui vive. L'arlequin de Italiens et moi celui des Cordeliers* — Ens. 4 pièces *coloriées.*

258. — *Projet de diplôme de société*, représentant en charge le père éternel coiffé d'un bonnet phrygien ; de chaque côté, des moines heureux de vivre en liberté. Chevreux, inv. Pièce in-fol.., imp. *en bistre*, sur l'abolition des vœux monastiques. *Rare.*

259. — *A beau precher qui n'a le cœur de bien faire — A beau mentir qui vient de loin — Le Diable président à l'Assemblée tenue à la Sorbonne pour refuser de prêter serment... — Le Curé de St (Sulpice) demande à Belzébuth des secours pour empêcher l'exécution de la Constitution civile ecclésiastique.* — etc. — Ens. 6 pièces, dont 5 *coloriées.*

260. — *Bulles du 18ᵉ siècle. (A Paris, chez Potrelle).* Pièce satyrique sur les bulles pontificales de Pie VI. Curieuse gravure. Très belle épr. *coloriée*, à toutes marges — *La Constitution civile du Clergé repoussée par le Pape.* — Ens. 2 pièces.

261. — *La brulûre.* (Des Citoyens brûlent la bulle de Pie VI au Palais Royal). Belle pièce in-fol. *coloriée*, toutes marges — *Lancée et vomissé St-Père tout ce que vous avés de plus noir dans l'esprit,...* — *Effigie du Pape Pie VI brûlé au Palais Royal* — *Réponse à l'auteur de la chronique qui appelle Bombe, la bulle du Pape.* In-fol. — Ens. 4 pièces.

262. — *Fait miraculeux arrivé à Paris l'an du Salut 1791 le six avril.* Curieuse pièce in-fol. — *Voilà donc votre dernière ressource,* in-fol. — Ens. 2 pièces *coloriées.*

263. — *Départ de l'état-major du Pape.* Gravure *coloriée,* toutes marges — *La dernière assemblée Papale (A Paris, chez Depeuille).* Curieuse pièce in-fol. — Ens. 2 pièces.

264. — *Présentation des Hacquenées au St-Père* — *Arrière garde du Pape* — *Ne craigné rien Citoyen de Paris, la Bulle et le St-Père n'ont rien à faire ici.* — Ens. 3 pièces *coloriées.*

265. — *Dernière procession Constitutionelle pour l'Enterrement du Serment civique 1792.* Gravure à l'aqua-tinte — *Dernière Procession des prêtres réfractaires le 31 aoust 1792* — *A l'aspect de la Vérité, le Prêtre se dépouille et adjure le mensonge.* — Ens. 3 pièces.

266. — *Enterrement de très haut, très puissant et magnifique seigneur Clergé,...* — *Entrée du pape Meleck ou le transport du St-Siège de Rome en Allemagne.* Avec complainte. — Ens. 2 pièces *coloriées.*

267. — *Le Meâ culpâ du Pape.* Gravure à l'aqua-tinte — *Le traité de Paix avec Rome. Baisez ça Papa et faites patte de velours.* — Ens. 2 pièces.

268. *L'Athéisme.* Par Goulet l'aîné. Curieuse pièce *coloriée — A la gloire de l'Etre suprême.*

Gravé par Poisson, d'après Chevret. *Colorié.* — Ens. 2 pièces.

269. *Enterrement civil en 1793.* Eau-forte in-fol. *coloriée.* Belle épr. à toutes marges. *Rare.*

270. *Adoration à l'Etre suprême (A Paris chez Julien).* Belle épr. imp. *en bistre — Montagne élevé à l'Etre suprême. Vue du côté oriental. (A Paris, chez Coustellier). Colorié.* — Ens. 2 pièces.

271. *Vue du jardin National et des décorations le jour de la fête célébrée en l'honneur de l'Etre suprême le 20 prairial an 2.* 2 épreuves, l'une en noir, l'autre *coloriée.* — *Vue de la Montagne élevée au champ de la Réunion. Colorié.* — Ens. 3 pièces.

272. *Vue du côté oriental de la Montagne élevé au Champ de la Réunion pour la Fête de l'Etre suprême (A Paris chez Basset).* Dess. et gravé à l'eau forte par Simon, terminé par Marchand — *A la Nation Française, les Protestants reconnaissants.* Portrait de J.-J. Rousseau au bas. Inv., dess. et gravé par Duplessis. Belle pièce in-fol. — Ens. 2 pièces.

273. 2 pièces manuscrites sur le *Théophilantrophie.*

274. *Le Culte Naturel.* Eau-forte par Mallet. In-fol. Belle épr., *rare.*

275. *Mariage républicain.* Gravé par Legrand. Belle pièce in-fol. à la manière noire. Belle épr., toutes marges. *Rare — Réception du Décret du 18 floréal.* Gravé par Aug. Legrand, d'après Debucourt. — Ens. 2 pièces.

276. *Calendrier pour l'an II de la République Française (A Paris chez Basset).* Pièce très gr. in-fol., avec sujet représentant la *Montagne élevé au Champ de la Réunion pour la fête de l'Etre suprême. Colorié. Très rare.*

277. *Les Efforts et l'impuissance de l'Athéisme.* Gravure anonyme in-fol. — *Pardonnez leur mon père, ils ne savent pas ce qu'ils font!* — Imagerie aux trois couleurs sur le Culte catholique avec l'autel de la Patrie — *Image de communion* du culte catholique 1791. *Colorié.* — Ens. 4 pièces.

278. *Le 28 germinal an X, jour de Paques, par le bras triomphiant de Napoléon Bonaparte Ier Consul, la Religion sort de l'abîme où l'avaient plongée les impies et les athées.* Curieuse pièce où l'on voit Bonaparte relevant la Croix. *Colorié. Rare.*

279. **Théâtre.** — *Vous verrez que je serai pendu pour arranger l'affaire* (Bordier. Nuit aux Aventures, rôle de Frontin) — *Rosine! Rosine! ma chère Rosine! Je jure que je t'adore. Non, non, M^r l'Abbé* — *Frapez, frapez, ne craignez rien, vengez votre Mère* — *Les Arts sortant du Temple du Gout pour faire leur pétition à l'Assemblée Nationale.* — Ens. 4 pièces *coloriées.*

280. *Vue perspective de la Revue de la Maison du Roy, Infanterie, qui se fait tous les ans dans la plaine des Sablons, à une lieue de Paris* (A Paris, chez Chereau). *Colorié* — *Revue aux Tuileries.* Gravé par Malapeau. Belle épr. *avant toutes lettres.* — Ens. 2 pièces.

281. *A quelle affreuse Bourasque* — *Je croit que cette Bourasque nous emportera.* Epr. *en bistre,* toutes marges — *Départ des apoticaires patriotes du Faub^g St Antoine pour purger les 2 chambres du Parlement de Rennes. Colorié* — *La complaisance de Pandore pour un de ses amans... — Le Parlement de Rouen en marche pour aller au Châtelet de Paris. Colorié — Illustres défenseurs... Colorié — Derniers efforts du Parlement*

auprès de la Justice. Pièce *libre* ovale. Belle
épr. à toutes marges. — Ens. 7 pièces.

282. *Assemblée des Notables tenue à Versailles le
22 fév. 1787*. Gravé par Niquet, d'après Girardet. Belle épr. à *l'état d'eau-forte* — *Philippe
d'Artois sortant de la Cour des Aides*. Gravé
par Niquet d'après Meunier. Belle épr. *avant
la lettre*. — Ens. 2 pièces.

283. **Béricourt. Dessin original** à l'aquarelle représentant l'un des premiers événements des
Guerres de la Révolution.

284. *Affaire Réveillon*. Belle pièce in-fol. sur cet évé-
nement important de la Révolution. *Rare
— Incendie de la nouvelle Barrière des Gobelins*. Gravé par Janinet. — Ens. 2 pièces.

285. *Une jeune femme consulte Nostradamus sur le
sort de l'Empire Français — Magicienne
consultée sur la Révolution de 1789*. Curieuse
pièce, belle épr., grandes marges — *Né pour
.. peine*. Gravé par N. Guérard — *L'Homme
de Village (A Paris, chez Basset). Colorié —
L'Allégorie est assez claire pour se passer
de commentaire. Colorié*. — Ens. 5 pièces.

286. *Sept cent cinquante m'écrasent*. Belle pièce.
Grandes marges — *Sept cent cinquante
m'écrasent. Peuple*. Pièce ronde — *Le Bon
sans Culotte*. Belle épr. *en couleurs*. — Ens.
3 pièces.

287. *La Noblesse tirée d'embaras par le Clergé ou
Avanture de la Dame Polignac à Sens (A
Paris, chez le Vachez)*. Jolie gravure imp. *en
bistre*. Belle épr. — *Chacun joue son jeu.
Colorié*. — Ens. 2 pièces.

288. *Pierre Ancise rendu aux Citoyens le aoust 1789*.
Belle pièce sur *Lyon*. In-fol., imp. *en bistre*.
Belle épr., toutes marges — *Des barrières
délivrez nous Seigneur*, etc. 4 sujets sur une

même feuille. Belle épr. *coloriée*, à tou^es
marges. — Ens. 2 pièces.

289. *La France figurée sous un Globe est soutenue par
le Peuple, la Noblesse et le Clergé aide au
premier. La Ruche représente les trois ordres
réunis — Entre nous que ma place est utile.
Esprit fertile. Ame Noble.* — Ens. 2 belles
pièces imp. *en bistre*, superbes épr. à toutes
marges.

290. *Le Grand Abus (A Paris, chez Villeneuve).* Jolie
pièce ovale imp. **en couleurs**. Très belle
épr. à toutes marges — *Il faut espérer q'eu
se jeu la finira bientot. Colorié.* Toutes
marges — *Minerve, déesse protectrice de la
France contemple le Tiers Etat.* Belle pièce
imp. *en bistre*, à toutes marges. — Ens.
3 pièces.

291. *Réveil du Tiers Etat. Colorié,* toutes marges —
Le même sujet. Pièce imp. *en bistre,* tiré de
l'ouvrage de Boyer de Nîmes — *Ça n'durra
pas toujour. Colorié — Tiers Etat. Colorié.*
— Ens. 4 pièces.

292. **Boutons** : *Le Vœu du tiers; Je suis citoyen; Convoi
des abus;* etc. 10 petites pièces rondes, *coloriées — Départ des trois ordres pour Versailles.* Curieuse gravure *coloriée.* — Ens.
11 pièces.

293. *Liste de MM. les Députés de la Noblesse et du
Clergé de Paris (A Paris, chez Guyot).* —
Ens. 2 pièces *coloriées.* Très belles épreuves.
Rares et intéressantes.

294. *Vue de la Procession des Etats Généraux à Versailles le 4 mai 1789 (A Paris, chez Basset).*
Belle gravure imp. *en bistre.* Très belle épr.
avant le texte, grande marge.

295. *L'Accomplissement du vœu de la Nation. Vue de
la Procession de l'ouverture des Etats Géné-*

raux sortant de *Notre Dame pour aller à
S' Louis, prise de la place Dauphine à Versailles le 4 may 1789*. Belle pièce in-fol. Très
belle épreuve.

296. *Assemblée Nationale constituée à Versailles le
17 juin 1789, six semaines après l'ouverture
des Etats Généraux*. Dédiée aux Femmes
patriotes. Gravé par N. Ponce, d'après Borel.
Belle épr. à grandes marges — *National
Assembly Paris (London publ. 1790)*. Gravure
imp. *en bistre* — *Les Députés des Communes
se constituent en Assemblée Nationale*. —
Ens. 3 pièces.

297. *Aux trois obstinés — Saute Marquis... et toi
Hipocrite*. — Ens. 2 pièces imp. *en bistre*.
Belles épr.

298. *Serment prêté dans le Jeu de Paume à Versailles*.
Au bas une vignette avec cette phrase : *Au
milieu des orages, il nous conduit au port
de la Liberté*. Dess. sur le lieu par Flouest.
Se trouve chez F. Masquelier, rue de la Harpe.
Belle et rare gravure -- *Serment du Jeu de
Paume*. Grav. par Bovinet, d'après David.
Epr. sur chine — *Entrée des Députés dans le
Jeu de Paume*. Par Janinet. Belle épr. à toutes
marges. -- Ens. 3 pièces.

299. *Convoi de très haut et très puissant seigneur des
Abus, mort sous le règne de Louis XVI, le
4 mai 1789*. In-fol. Très belle épr. imp. *en
bistre*, toutes marges — *Le même sujet*. Gravure in-4, tirée de l'ouvrage de Boyer de
Nimes. - Ens. 2 pièces.

300. *Mieux vaut tard que jamais*. Superbe épr. imp.
en bistre à toutes marges — *Le même sujet*.
Belle épr. finement *coloriée*. — Ens.
2 pièces.

301. *Un seul fait les trois — La Danse patriotique --
Le souhait accompli — Bon, nous voilà*

d'accord. 2 sujets différents. — Ens. 5 pièces
coloriées.

302. *La Réunion fait la force*. Belle épr. — *Trois têtes
sous l'même bonnet*. Belle épr. toutes marges
— *Les Trois Ordres avec leurs attributs,
sous le niveau* (On voit Notre-Dame et le
Palais-Bourbon) (*A Paris, chez Crépy*). —
Ens. 3 pièces imp. *en bistre*.

303. *Le Temps passé. Le Temps présent* (*A Paris, chez
Villeneuve*). 2 pièces ovales imp. **en cou-
leurs**. Belles épr. — *Il faut faire 3 choses.
Colorié*— *Monsieur des trois Etats. Colorié*.
— Ens. 4 pièces.

304. *Le temps présent veut que chacun supporte le
Grand Fardeau* — *J'savois ben qu'jaurions
not tour 1789*. 3 sujets différents. — Ens.
4 pièces, dont 3 *coloriées* à toutes marges.

305. *La Bénédiction des armes* — *Cette fois ci la Justice est du côté le plus fort* — *Le Trésor tiré
des ténèbres* — *De la Milice délivrez nous
Seigneur* — *L'Œuf à la coque* — *Les Trois
fumeurs*. — Ens. 6 pièces, dont 2 *coloriées*
et 1 *en bistre*.

306. *Vive la Danse et le pas de trois*. Très jolie gravure
ovale imp. **en couleurs**. Très belle épreuve.
Rare.

307. *J'suis du Tiers Etat*. Gravure imp. *en bistre* — *Tou-
chez la M[r] l'curé j'savais ben qu' vous seriais
des notres!* Pièce ovale imp. **en couleurs**.
toutes marges — *Chantons, célébrons, la Réunion des trois ordres* — *Vox populi*. Gravure
coloriée, grandes marges. — Ens. 4 pièces.

308. *Le Triomphe des Trois Ordres*. Jolie pièce imp.
en couleurs — *Les Trois Ordres réunis*.
Belle pièce finement *coloriée*, toutes marges.
— Ens. 2 pièces.

309. *A bas les Impiots* — *Le Temps passé*. Gravure
coloriée, toutes marges — *Le Goûté patrio-*

tique. *Colorié* — *Homni soit qui mal y voit.*
Belle pièce imp. *en bistre*. Très belle épr. à
toutes marges. — Ens. 3 pièces.

310. *Le Serment de réconciliation des trois ordres* ; *La
Danse patriotique* ; *Prend courage Marie
Jeanne le bon tems va revenir.* Trois sujets
imp. sur une même feuille. Belle épr. *coloriée* — *Patience Margot j'auront bientôt
3 fois 8.* Belle épr. imp. *en bistre*, toutes
marges — *Le Serment de réconciliation des
trois ordres.* Jolie petite pièce — *La liberté
triomphe et détruit les abus.* — Ens. 4 pièces.

311. *Le Niveau National. Colorié*, toutes marges —
*Costume d'un sapeur buvant de l'anti aris-
tocratie* (*A Paris chez Basset*). Belle épr.
coloriée, toutes marges — *La Mort aux rats.
Le Français d'aujourd'hui* — *Ma finte Monsieur, je crois que vot habit d'officier m'irai
bien.* Belle épr. *coloriée*, toutes marges —
*Tout irait bien si tout le monde riait comme
moy. Colorié* — *Marchand d'Habit.* Belle
ép. *coloriée*, toutes marges. — Ens. 6 pièces.

312. *Le Français d'autre-fois* — *Le Temps présent* —
*Le Français d'autrefois. Le Français
d'aujourd'hui* — *La Loi et le Roi. Autel de
la Liberté* — *Le Fumeur patriote* — *Le Tiers
état prophète.* Pièce ovale imp. *en bistre* —
Ens. 6 pièces, dont 4 *coloriées*.

313. *V'là un grand pas de fait* ; *Tot tot tot battez chaud* ;
Le jeu de quilles. 3 sujets tirés sur une
même feuille — *Tôt, tôt, tôt, battez chaud...
Nouvelles constitutions* — *Polichinelle vainqueur des aristocrates* — *Palsangué Mes-
sieurs v'la le coup.* — Ens. 4 pièces *coloriées*,
à toutes marges.

314. *Encore eut-il mieux valu plier que rompre* — *Je
vous l'avait bien dit Mr l'abbé qu'il fallait
mieux ployer que de rompre* — *Naissance*

*des aristocrates — Le Noble pas de deux —
Les derniers hoquet de l'aristocratie — Le
Mea culpa du Prince Lambesc* (au fond du
sujet la Bastille démolie). Gravure à l'aqua-
tinte. — Ens. 6 pièces, dont 4 *coloriées.*

315. *La Marque des Sots — L'onguent national
— Le Paysan goguenard — Le Chasseur
patriote — Le Corps aristocratique, sous la
figure d'une femme expirant dans les bras
de la Noblesse — L'Aristocratie mourante —*
etc. — Ens. 7 pièces, dont 5 *coloriées.*

316. *L'Ane magistrat ou la fin du tems passé (A paris,
chez Depeuille) — L'Ane magistrat ou allégorie innocente. Colorié — L'onguent national ; Comité des Recherches du Clergé.*
2 sujets tirés sur la même feuille. Belle épr.
coloriée. — Ens. 3 pièces.

317. *Le Marchand d'argent bâtonné. A la lanterne les
marchands d'argent à la lanterne.* Belle épr.
coloriée, toutes marges — *Au voleur, au
voleur, à l'assassin ou les accapareurs
d'argent — Législateur futur.* Caricature sur
Marc d'argent, 2 épreuves, dont 1 *colorié —
Balance éligible du Marc d'argent. Colorié
— Marc d'argent. Je suis éligible. Colorié*
— Ens. 6 pièces.

318. *La Conclusion de la Diète.* Pièce ovale à l'aqua-
tinte — *Il faut en goûter* (sur le véto suspen-
sif). *Colorié. — Rage et désespoir du petit
électeur de Trèves apprenant la résolution
du Roi des français de lui faire la guerre.
Colorié — 9 Je tiens mon pied de bœuf. Le
calculateur patriote.* 2 sujets tirées sur la
même feuille. *Colorié — Monsieur Veto.
Colorié,* toutes marges — Ens. 5 pièces.

319. *La France libre, le despotisme détruit,… — Le
seigneur et son fermier. Vive Louis Seize,
vive la Liberté.* Ens. 2 petites pièces rondes
très finement *coloriées.*

320. *Les Dames artistes offrent leurs joyaux à l'Assemblée Nationale.* Jolie pièce ovale gravée **en couleurs** par Guyot. Belle épr. à toutes marges. — *Ah, bravo Mesdames, c'est donc votre tour.* Gravure coloriée. — *Ens.* 2 pièces.

321. *La Coalition des Rois et des brigands couronnés contre la République Française.* Pièce in-fol. — *Le Diable après avoir couvé...* Pièce contre les Jacobins, imp. *en bistre.* — Ens. 2 pièces.

322. *Un nègre devenu libre et citoyen français, laisse sa femme et ses enfants dans sa case pour courir à la défense du pays.* **Dessin original** en couleurs — *Moi libre aussi.* Gravé par Darcis. Pièce ronde. — Ens. 2 pièces.

323. *Le Vaisseau de l'Etat le Vengeur coulant bas dans le combat du 13 prairial de l'an II.* **Curieux dessin.** du temps au lavis, rehaussé de couleurs — *Rapport* sur l'héroïsme des Républicains montant le vaisseau Le Vengeur, par Barère, 8 pp. — Ens. 2 pièces.

324. *Condorcet se donnant la mort de sa prison.* Gravure à *l'état d'eau forte, avant toute lettre.* Belle épr.

325. *Dévouement de Loizerolles pour son fils.* Beau **dessin original** à la sépia.

326. *La Queue du Prince Hohenlohe (A Paris chez Martinet).* Belle épr. *coloriée,* toutes marges — *Terre des esclaves, terre de la Liberté.* B. inv. del. ; N. sc. — *Ils n'ont pas assez de jambes pour se sauver.* In-fol., *colorié* — *Terre de la liberté et de l'égalité* — Ens. 4 pièces.

327. *Tous les hommes sont appelés également à partager les bienfaits de la Liberté (A Paris chez Basset).* Gravé par la C^{sse} Montalant, d'après Charpentier. Jolie pièce ovale, imprimée **en couleurs**.

328. *Le Triomphe de la Liberté*. Dédié à la Patrie par
la C^me Bergny. Belle pièce gravée **en couleurs**, grandes marges — *Le Triomphe de la
Montagne. (A Paris chez la C^me Bergny)*.
Ens. 2 pièces.

329. *Les Loups faisant la paix avec les brebis (A
Paris, chez Maignen)* -- *Les Formes acerbes*.
(Gravure allégorique représentant un
monstre posté entre les deux guillotines
d'Arras et de Cambray, s'abreuvant du sang
de ses nombreuses victimes immolées dans
les deux communes). — Ens. 2 pièces, belles
épr. à grandes marges.

330. *L'Intérieur du Comité Révolutionnaire. (A Paris,
chez le C^on Boulet)*. Belle et curieuse pièce
gr. in-fol. à l'aqua-tinte, grandes marges.

331. *La Vendée venant d'accoucher de 200 mille gar-
çons, leur papa Charette se prépare à les
faire baptiser à Paris — Signalement des
chouans et autres contre révolutionnaires.
Colorié — Trait de Courage héroïque*. Gravé
par Thouvenin, d'après Cazenave. — Ens.
3 pièces.

332. *Fête dédiée à la Vieillesse*. Pièce grand in-fol.,
gravée par Duplessis-Bertaux, 1795, d'après
Wille fils. — *Vous vous tourmentez vaine-
ment... République Française. Constitution*.
B. inv. del. ; N. sc. — Ens. 2 pièces.

333. *Allianti*. Allégorie sur l'alliance de la République
française et de la République batave. Jolie
pièce ovale, gravée par Claessens, d'après
Kuyper. Très belle épr. à toutes marges.

334. *La Liberté Triomphante*. Dess. par Monsiau, gravé
par Vangelisty. *(A Paris chez Gaitte)*. Belle
pièce gr. in-fol.

335. *Arrivée sur le territoire de Basle de la P^se Marie
Thérèse Charlotte, fille de Louis XVI, le soir
du 26 déc. 1795 pour être échangée contre les*

Députés et Ministres français prisonniers en Autriche. — Entrée dans le village Suisse de Reichen au Canton de Basle, des députés et ministres français prisonniers en Autriche, le 26 déc. 1795 pour être échangés contre la fille de Louis XVI. — Ens. 2 pièces publiées par *Chr. de Méchel à Basle,* et imp. *en bistre.* Belles épr. à grandes marges.

336. *Honneurs rendus au brave Marceau après sa Mort par le Prince Charles et les commandants de l'armée impériale.* Gravé à l'aquatinte par *Sergent-Marceau.* Très belle épr. imp. *en bistre. Rare — Monument élevé au* G.ᵃˡ *Marceau à Chartres.* Grav. par A. Tardieu. Ens. 2 pièces.

337. *M.·.r. L'Ane comme il n'y en a point.* Très belle épr. à toutes marges — *Un sans-culotte instrument de Crimes dansant au milieu des Horreurs.* Très belle épr. à toutes marges. — Ens. 2 pièces.

338. *Les quatre grands coquins du Pays Belgique.* (*Chez Basset) — Costume d'un bénédictin porte-étendart de l'armée des Croisées Belgiques — H. Van der Noot.* Portrait — *Le génie des Belges — Le Congrès souverain Belgique en Exercice,* — etc. — Réunion de 7 pièces, dont 3 *coloriées,* relatives à la *Révolution Belge.*

339. *Grand Convoi funèbre de L. M. les Jacobins en leur vivant.* Curieuse pièce *coloriée. — Le même sujet.* Pièce imp. *en bistre — Ainsi va le monde — Activité constitutionnelle de la Municipalité de Paris.* Pièce ronde. — Ens. 4 pièces.

340. *La Liberté triomphante ou les sans cœurs terrassés, le 5 avril l'an 4.* Belle pièce imp. *en bistre — D'un tas de fumier, les Jacobins tirent un Ministre de la Guerre.* Grave,

sculp. Belle épr. — *Le pied de nez du petit Condé fuyant avec l'abbé M. (Maury)*. Pièce ovale. Belle épr. à toutes marges. — Ens. 3 pièces.

341. *La Noblesse et le Clergé conduits par Caron dans leurs Domaines. Coloriée — Avis aux Aristocrates.* Imp. *en bistre — Grande séance aux Jacobins en janv. 1792, où l'on voit le grand effet intérieure que fit l'annonce de la guerre par le Ministre Linotte.* Curieuse pièce. — Ens. 3 pièces, très belles épreuves à toutes marges.

342. *Harpie monstre Amphibie vivant.* Pièce sur l'aristocratie, in-fol., belle épr. tirée *en bistre — Sujet analogue,* dirigé contre les Jacobins — *Un monstre à trois têtes désignant les trois états, s'occupe à devorer le reste du cadavre du peuple — L'Aristocrate. Maudite Revolution — Le bœuf à la Mode.* Petite pièce ovale, *en couleurs.* — Ens. 5 pièces.

343. *Revue patriotique allant à la guerre pour soutenir les Jacobins et les feuillans.* Belle épr. à l'aqua-tinte — *Le Guerrier Constitutionnelle. Linotte ci devant ministre...* Grav. à l'aqua-tinte — *Voilà où vous réduit l'Aristocratie. Colorié — Portraits des impartiaux, des modérés,... — Le garde national revenant des frontières cocu, battu et content.* Pièce ronde. — Ens. 5 pièces.

344. *L'Armée de Ligne. A solde de papier, soldat de Papier (Se vend chez Webert, au Palais-Royal).* Pièce ronde à l'aqua-tinte — **Dessin original** de la pièce ci-dessus, par **Desrais.** — Ens. 2 pièces.

345. *Grand retour du Ministre Linotte.* Gravure à l'aqua-tinte. Belle épr., grande marge — *Mort du Lieutenant général Gouvion, le 11 juin 1792, en commandant l'avant-garde*

de l'armée de M. *Lafayette au Camp de Maubeuge — 3° fédération. Arbre de la féodalité brulé.* — Ens. 3 pièces.

346. *La Voila en Corps et en âme! juin 1792.* Pièce in-fol. représentant l'intérieur agité de l'Assemblée Législative à propos de la lettre envoyée par Roland à Louis XVI. Gravure à l'aqua-tinte. Belle épr., *rare — le Pouvoir exécutif à cheval sur la Constitution.* Pièce ovale à l'aqua-tinte — *Ah! il est temps que chaqu'un fasse son métier, les vaches seront bien gardées.* Grav. à l'aqua-tinte. — Ens. 3 pièces.

347. *Souvenir d'un patriote de 1792.* **Dessin original** à la sépia par **Desrais** (Modèle de Diplôme militaire : Dans le haut, deux génies tiennent un écusson portant ces mots : sureté, propriété; de chaque côté, deux soldats en pieds; au bas, 2 sujets représentant les Enrolements patriotiques le 22 juill. 1792 et la Pompe funèbre en l'honneur des braves marseillais le 26 aout 1792).

348. *Le Dégel de la nation.* (Le soleil royal fait fondre la statue de la Nation et de la Liberté élevée par les Sans Culottes). Grav. à l'aqua-tinte — *Vivre libre ou mourir.* Petite pièce imp. en bistre — *Ca n'ira pas, ça ira.* Pièce ronde imp. en bistre — *Liberté, liberté chérie — Le Sage moderne.* — Ens. 5 pièces.

349. *Le Dégel de la Nation.* **Dessin original** au crayon, par **Watteau** *de Lille.* Ce dessin est mis au carreau et a servi pour la gravure (Ce n'est qu'une partie de la composition).

350. *Fondation de la République le 10 aout 1792* (Prise du Château des Tuileries) (*A Paris, chez Basset*). Belle pièce in-fol. gravée à l'eauforte. Très belle épr., *rare.*

351. *Journée de 10 Aoust 1792. Aux braves sans Culottes.* Belle pièce in-fol. à l'aqua-tinte —

N° 351 du Catalogue.

Journée du 10 aoust 1792 au Chateau des Thuillerie. Gravé par Jourdan, d'après Texier. (*A Paris, chez Jean*). In-fol. — Ens. 2 pièces.

352. *Siège du chateau des Tuilleries par les braves sans culottes et les intrépides marseillais (A Paris, chez Chereau). Colorié — Sans culottes du 10 aoust l'an Ier de la République Française.* Belle épr. *coloriée — Journée du 10 août 1792.* — Ens. 3 pièces.

353. **Béricourt.** *Plantation d'un Arbre de la Liberté.* **Dessin original** à l'aquarelle, par *Béricourt.* Belle pièce.

354. **Béricourt.** *Des Officiers municipaux font le recensement des uniformes des Suisses tués dans la journée du 10 aout. On voit une longue file de charettes remplies de cadavres, dont plusieurs contournent la pièce d'eau dite des Suisses.* **Très important Dessin original** à l'aquarelle de **Béricourt,** *sur un fait inédit de l'histoire de la Révolution.*

355. **Béricourt.** *Une foule composée de gardes nationaux, citoyens et citoyennes, armés de toutes armes, se dirige vers l'Assemblée Nationale pour y entrer et forcer le vote des Députés.* Précieux **dessin original** à l'aquarelle d'un grand intérêt historique.

356. *Monument érigé à la gloire des fondateurs de la Liberté Helvétique sur le lac de Lucerne.* Gravé par Hentzi, 1792. Belle épr. imp. **en couleurs** — *Vue du monument érigé à Lucerne à la mémoire des Suisses du X aoust 1792.* Gravé par F. Hegi. — Ens. 2 pièces.

357. *La Révolution Française arrivée sous le règne de Louis XVI le 14 juillet 1789 et le 10 aoust 1792* (On voit représentés Marat, Voltaire, J.-J. Rousseau). Pièce gr. in-fol. inv., dess. et grav. par Duplessis. Belle épreuve.

358. *Le Nouvel astre français ou la Cocarde tricolore suivant le cour du Zodiaque — Grand Combat à mort. La Reine de France* (Marie-Antoinette) *renversée par le Taureau* (Assemblée Législative). Grav. à l'aqua-tinte. — Ens. 2 pièces.

359. *La Royauté anéantie par les Sans Culottes du 10.* Placard in-fol. en haut., représentant un sans culotte avec sa faulx (*A Paris, chez Auger*). *Colorié. Très rare.*

360. *Le Monde délivré de ses chaînes par le peuple républicain.* Gravé **en couleurs** par Chapuy. Epr. *avant toutes lettres.*

361. *Place des Victoires. Louis le Grand renversé — Place Vendôme. Le plus grand des Despotes renversé par la Libertée — Fêtes brillantes données aux Champs Elysées et sur la Rivière pour la Fondation de la République* (*A Paris, chez Jean*) — *L'Exclusif* (*A Paris, chez Bonnefoy*). — Ens. 4 pièces, dont 3 *coloriées.*

362. *Je fuis les Muscadins, j'aime l'Egalité... Vive la République.* Gravé par Fosseyeux — *Le Propagandier. Mille écus à gagner pour celui qui livrera un Jacobin* (*A Paris, chez Webert*). Grav. à l'aqua-tinte — *Le Législateur la Ressource.* Pièce ovale à l'aqua-tinte — *Massacres des prisonniers de l'Abbaye —* Petite pièce sur Mlle *de Sombreuil.* — Ens. 5 pièces.

363. *Grand débandement de l'Armée Anticonstitutionnelle.* Gravure à l'aqua-tinte. Curieuse et *très rare.*

364. *Bombardement de Lille par les Autrichiens au mois de septembre 1792.* Gravé par Masquelier, d'après Watteau de Lille. Pièce gr. in-fol. — *Le Plat à barbe lillois — Bombardement de la ville de Lille.* — Ens. 3 pièces.

365. *Siège de Lille (A Paris, chez Basset)*. Pièce gr. in-fol. gravée à l'eau forte. Très belle épr. *coloriée. Rare — Le Plat à barbe lillois*. Gravure *coloriée. Très rare*. — Ens. 2 pièces.

366. *Conquêtes de la République Française*. 2 pièces in-fol. gravées par Desrais en 1792, d'après Le Beau *(A Paris, chez Mondhare et Jean)*. Très belles épr., *rares*.

367. *L'Amour sans culotte*. Jolie petite pièce ronde. Belle épr. imprimée sur **satin rose**.

368. *Liberté, égalité*. La Convention nationale représentée sous la figure d'une femme qui écrit les loix dictés par la Justice, les Droits de l'Homme et du citoyen. Un génie veille au bonheur de la République *(A Paris, chez Mⁿᵉ Constance)*. Jolie petite pièce gravée **en couleurs**. Très belle épr., *rare*.

369. *Le Porte drapeau de la Fête Civique*. Gravé par Copia, d'après Boilly. Belle épr. — *Ramasse ton bonnet. Colorié — La Pelle et les Sabots sont du même bois*. Pièce ovale à l'aquatinte — *Le Souverain reprend ses droits. Je rends l'homme à la Liberté*. 2 vignettes. — Ens. 5 pièces.

370. *Calendrier National, calculé pour 30 ans et présenté à la Convention Nationale en déc. 1792*. Par le Républicain J. F. Lefèvre. Gr. in-fol. Très belle épr. d'une pièce *rare*.

371. *Refrains patriotiques*. Carmagnole autour de l'arbre de la Liberté — *Il faut danser*. Epr. imp. *en bistre — Dansons la Carmagnole vive le son du canon — Dansons la Carmagnole (A Paris, chez la C. Cœur)*. Pièce ronde. — Ens. 4 pièces.

372. *Apparition de l'Ombre de Mirabeau, trouvé dans l'armoire de fer au Château des Thuileries — La même pièce*, mais avec quelques chan-

gements et portant pour titre : *Correspondance royal trouvé dans l'armoire de fer au Château des Thuileries. (A Paris, chez Depeuille).* — Ens. 2 pièces, belles épr. à grandes marges.

373. *Catherine II donnant congé à François et à Brunswick le foireux — Il a le nés cassé — Retour du Roi de Prusse et des débris de son armée — Déroute des Prussiens par les Sans Culottes — Le Duc d'York, roi des sections de Toulon, de Lyon, etc. — Ils comptaient sur la peau de l'ours.* — Ens. 6 pièces *coloriées*.

374. *Bombardement de tous les trônes de l'Europe et la chute des tyrans pour le bonheur de l'Univers.* Curieuse pièce représentant les derrières des membres de l'Assemblée Nationale bombardant les Rois. *Rare.*

375. **Eventails.** *Trompes l'œil : Assignats de la Révolution* — 2 pièces imprimées **en couleurs.** Très belles épr. à toutes marges. *Très rares.*

376. *Tableau des Papiers Monnaies. (A Paris, chez Bonneville) — Collection des Papiers-Monnayes — Le Triomphe de l'Agioteur,* etc. Réunion de 5 pièces différentes sur les Assignats et Monnaies. Belles épr. *coloriées.*

377. *Carte de France divisée en ses 83 départements. 1791. Colorié — Tenez-vous bien M^r l'Abbé. Colorié* — etc. — Réunion de 9 pièces diverses.

378. *Calendrier pour l'An XII de la République Française (A Paris, chez Marcilly) — Calendrier pour l'an 3e.* Gravé par Aubert. Pièce ronde — *6 Vignettes* en têtes d'almanach de 1793 — *4 feuilles* représentant 7 mois du Calendrier républicain avec vignettes en têtes — *4 vignettes* en têtes d'almanach. — Ens. 5 pièces.

379. *Calendrier perpétuel* (de 1789 à 1817). **Dessin original** à l'aquarelle avec Costumes de Gardes françaises et vues différentes. Curieuse pièce.

380. *Almanach perpétuel révolutionnaire et maçonnique.* Le sujet principal représente l'Union maçonnique de la France et de *l'Amérique*. **Dessin original** à l'aquarelle. Curieuse pièce.

381. *Trompe l'œil: Costumes des représentans du peu-et autres fonctionnaires publics de la République Française.* Gravé par Hunin. Belle planche gr. in-fol., *coloriée*.

382. *Costumes civils et militaires de la Garde du Premier Consul* (Musiciens, Mamoulques, husards, conseiller d'état, préfets, etc.). — Ens. **2 dessins à la sépia** renfermant 32 Costumes.

384. *A M* Boilletot, capitaine de la 2* compagnie de Croncels par les bas officiers et volontaires de sa C*, la vieille de S* Pierre, 28 juin 1790.* Beau et curieux **dessin original** à l'aquarelle, représentant la Compagnie, avec, au-dessous un compliment de circonstance en vers.

385. *Le g* Lecourbe; Moreau; Kléber; Joubert.* Ens. 4 pièces publiées *chez Basset, coloriées* — *Costumes: Ministre de la République française.* Dess. et grav. par Bonneville; *Représentant du peuple aux Armées, Habit militaire, le Représentant du peuple en fonction.* Grav. par Denon, d'après David. Ens. 4 pièces *coloriées.* — En tout 8 pièces.

386. *Costumes civils et militaires.* Gravés par Alix, d'après Garneray, 8 planches — *Adjoint aux adjudants généraux, aide de camp.* Gravé par Labrousse d'après Grasset S* Sauveur. — Ens. 9 pièces, *en couleurs*.

387. *Costumes Militaires, Garde Nationale.* **7 dessins originaux** au crayon d'Italie, par **Duplessis-**

N° 387 du Catalogue.

Bertaux. On a joint 1 planche de Costumes militaires gravée à l'eau-forte. — Ens. 8 pièces.

388. *Soldat de la Garde Nationale de Paris portant les armes*. Gravé par Hoffmann, 1789. Belle épr. finement *gouachée — Danseur de Carmagnole*. **Dessin** à l'aquarelle par Kohler — *Joueur de Clarinette*. **Dessin** en couleurs, genre imagerie. — Ens. 3 pièces.

389. *Portrait d'un officier de la Garde Nationale*. Il est représenté en pied, dans le jardin des Tuileries. Beau **dessin original** en couleurs.

390. *Porte-drapeau d'une section.* **Dessin** *à l'aquarelle* de *Huet — Portrait d'homme coiffé d'un chapeau à la cocarde tricolore.* **Dessin** au crayon de couleurs. — Ens. 2 pièces.

391. *Modes et Coiffures*. Réunion de 12 pièces *coloriées*, par Desrais et autres.

392. *Modèle d'étoffe de la Révolution*, avec emblèmes représentant la République Française coiffée d'un bonnet phrygien, et une cocarde avec inscriptions : Unité, Indivisibilité de la République. **Dessin original** en couleurs. Pièce intéressante.

393. *Projet d'un Palais de Législature, dédié à l'Assemblée Nationale*. Gravé en **couleurs** par **Janinet**, d'après Florentin Gilbert. Très belle épr. *avec la lettre grise*, toutes marges.

394. *Fontaine publique par Caraffe et Detournelle*. Gravé par Allais. (Cette fontaine fut exécutée, démolie et remplacée par la fontaine du Châtelet). Epr. *coloriée — Batailles de la Révolution*. 2 pièces de *Duplessis-Bertaux*, épr. à l'état *d'eau-forte pure*. — Ens. 3 pièces.

395. *Vue Pittoresque du Théâtre de la Guerre sur le Haut-Rhin, au-dessous de Basle, 1796 — Évacuation de la tête de pont d'Huningue par les troupes françaises les 23 et 24 fév. 1797.*

(A Basle, chez Chr. de Mechel). — Ens.
2 pièces *en couleurs,* belles épreuves.

396. *Action du 6 nov. 1792. Bataille dans les Bois de
Flana, sur la gauche de Jemmapes* — *Action
des Français et Autrichiens arrivée le 6 nov.
1792 à l'Ecluse de Cuesmes, sur la route de
Jemmapes à Mons. (A Paris, chez Fillion et
Valmont).* — Ens. 2 pièces ovales **imp. en
couleurs.** Belles épreuves.

397. *Drapeau des Hussards de la République.* **Dessin
original** *en couleurs.* Précieuse et rare pièce.

398. *Prise de Naples par l'Armée Française.* Gravé
par Le Beau d'après Naudet. In-fol. — *Entrée
triomphale des Français dans Berne le
25 ventôse an 6.* Gravé par Berthault, d'après
Girardet. Belle épr. *avant toutes lettres* —
Bataille de Hohenlinden. Gravé par Duplessis-Bertaux. Belle épr. à l'état *d'eau-forte
pure.* — Ens. 3 pièces.

399. *Le G* W *alhubert ayant la cuisse emportée d'un
coup de canon.* **Dessin original** à la plume.
— *Projet de colonne élevé à la mémoire de
quatre cavaliers de gendarmerie nationale
marseillais.* **Dessin original** au lavis. —
Ens. 2 pièces.

400. *Trois lettres de l'an 3 de la République,* avec
vignettes *coloriées* représentant *Barra* et
Viala. Très rare.

401. *42ᵉ Demi brigade d'Infanterie de Bataille.* Bel
encadrement orné — *Armée de Sambre-et-
Meuse.* Gravé par Queverdo. Jolie vignette
en tête, en tirage à part, à toutes marges —
Société d'agriculture. Belle vignette —
3 lettres autographes de Brune, etc.. avec
en têtes gravées. — Ens. 6 pièces.

402. *Congé absolu.* Gravé par Godefroy, d'après
C. Vernet — *Brevet de la Commission des
Secours publics.* — Ens. 2 pièces.

403. *4 lettres* avec belles vignettes en têtes, gravées
par De Launay, Patas, Tilliard, etc. — Belles
pièces n'ayant jamais servi.

404. *12 vignettes* en têtes gravées par Godefroy, Roger,
Prudhon, Masquelier, Gaucher, etc.

405. *Joseph Barra âgé de 13 ans. Agricola Viala âgé
de 11 ans.* — Ens. 2 portraits dans de jolis
cadres ornementés, faisant pendants. Très
beaux et très curieux **papiers peints** de
l'époque.

406. *Joseph Chalier.* Portrait dans un cadre orné.
Papier peint de l'époque.

407. *M. Lepelletier assassiné le 20 janv. 1793.* Portrait
en pied gr. in-fol., publié *chez Basset*, et
imprimé au verso d'un *papier peint.*

408. *Droits de l'homme* enseignés aux enfants, au
paysan et au soldat. **Papier peint** de l'époque.

409. *Papier peint à la Cocarde — Bordure de papier
peint : Je veille pour la Constitution.* — Ens.
2 pièces.

410. *Unité, indivisibilité de la République. Liberté,
égalité, fraternité ou la Mort.* Très beau
papier peint représentant la France assise
sur le monde, coiffée du bonnet phrygien.
Très belle conservation.

411. *Deux écussons* peints à l'huile, avec rehauts
d'or — *Trophée militaire.* **Dessin** — *Papier
peint. (A Paris, chez Basset).* Placard *colorié*
(incomplet). — *Unité, indivisibilité de la
République. (A Paris, chez Goujon).* Placard
avec figure ronde. — Ens. 5 pièces.

412. *Unité, indivisibilité de la République. J'ai rompu
mes chaînes, vive la liberté. (A Paris chez
Pillot).* Placard gr. in-fol., *colorié.*

413. *Unité, indivisibilité de la République. Liberté,
égalité, fraternité ou la mort* (Faisceau

surmonté du bonnet phrygien; couronne de chêne). **Papier peint** de l'époque.

414. *Unité, indivisibilité de la République.* Imagerie militaire révolutionnaire *coloriée*, imprimée au verso d'une planche du cahier des *Gilets* de *Ranson*. Planche *très rare*. Belle épr. à toutes marges.

415. *Vue des six différentes stations de la fête de l'Unité et de l'Indivisibilité de la République (A Paris chez Villeneuve).* 6 petites pièces rondes tirées sur une même planche Nature; égalité, justice: Force et liberté. 3 sujets ronds imp. *en bistre* sur une feuille — *La Constitution Républicaine semblable aux tables de Moïse, sort du sein de la Montagne.* Petite pièce ronde gravée en *couleur* par Allais — *Le Peuple français écrasant l'Hydre du Fédéralisme — Ah! ça va mal!* Grav. imp. *en bistre*, tirée de l'ouvrage de Boyer de Nîmes. — Ens. 5 pièces.

416. *Usage des nouvelles mesures.* Gravé par Labrousse — *Lettre de décès* d'un Théophilantrope — *Liberté. Que vais-je devenir — L'Anarchie —* etc. — Réunion de 10 pièces.

417. *Les Douceurs de la Fraternité.* Gravé par Gautier, d'après Vangorp. Belle pièce in-fol. — *Intérieur d'un Comité Révolutionnaire.* Gravé par Malapeau, d'après Fragonard fils. Epr. à l'état *d'eau-forte.* — Ens. 2 pièces.

418. *Arrestation de Chalier.* Pièce in-fol. à l'aqua-tinte. Très belle épr. *avant toutes lettres,* à toutes marges — *Vue perspective du siège et Bombardement de Lyon, oct. 1798. Colorié — Allégorie sur la ville de Lyon revenant à la France. (Commune-affranchie, chez le C^n Desombrages). Colorié.* — Ens. 3 pièces.

419. *Président d'un Comité Révolutionnaire s'amusant de son art en attendant la levée d'un*

*scellé. Colorié. — Vue du Champ de Mars
le jour du 20 prairial l'an 2 de la République où la Convention et les autorités
contitués ont assisté à la Fête Nationale (A
Paris chez Jean). In-fol. — L'Egalité, La
Liberté, Guillaume Tell, Brutus.* 4 petits
portraits en médaillons sur une même feuille.
— *Cénotaphe du petit Emilien.* Grav. par
Quéverdo. — Ens. 4 pièces.

420. *Les Coups de Rabot.* Grav. à l'aqua-tinte.— *Même
sujet*, épr. imp. *en bistre*, tirée de l'ouvrage
de Boyer de Nîmes —*La Bascule pariotique.*
2 sujets différents à l'aqua-tinte et en bistre
— *Calendrier de la Révolution.* Gravé par
Couché fils — Ens. 5 pièces.

421. *Le Bon Républicain.* Beau **dessin original** à la
plume de **Wille fils**, daté de *Paris, 1793, du
1ᵉʳ mois, le 24ᵐᵉ jour de la 3ᵐᵉ décade de la
République Française.*

422. *Les Thuileries ou Château National. C'est de ce
temple que nos législateurs décrètent les lois
qui doivent affermir la République Française. Lutetia in Parisis.* Jolie pièce gravée
et *coloriée. Rare.*

423. *Le Triomphe de la République.* Gravé **en couleurs** par *Alix.* Pièce très grand in-fol. Belle
épr.

424. *Situation des Malthais (A Paris, chez Depeuille) —
La Prise de Malte — Désespoir des anglais.*
2 épreuves dont 1 *coloriée — Délibération à
l'anglaise. — Les gros ont toujours mangé
les Petits le tems passé n'est plus. — Terreur
panique des anglais. —* Ens. 7 pièces, dont
4 *coloriées.*

425. *La grande aiguiserie royale des poignards anglais
(Sur Pitt). — Le Charlatan politique, ou le
Léopard apprivoisé.* Gravé par Naudet. Epr.
avant la lettre. — Ens. 2 pièces gr. in-fol.,
la 1ʳᵉ *coloriée.*

426. *Sir Sidney Smith, évadé de la prison du Temple.*
Colorié — 3 têtes dans un bonnet
(Alexandre Iᵉʳ, Georges III, François II). (*A
Paris chez Martinet*). *Colorié — Je suis ravis
de joye. La Grande nation... arrive, nos abus
vont disparaître... (Paris, chez Depeuille)* —
Vénalité des orateurs anglais. Colorié. —
Ens. 4 pièces.

427. *A Key to the Death of Chatham.* Grande planche
en largeur, avec les portraits et les noms des
Membres du Parlement anglais. *Très rare.*

428. *The Right honorable William* **Pitt.** Superbe portrait gravé par **Bartolozzi** en 1790, d'après
Gainsborough. Belle épreuve à toutes
marges.

429. *The Honorble Charles James* **Fox.** Gravé à la
manière noire par **Reynolds,** d'après Smith,
1802. Très gr. in-fol. Très belle épr. *avec la
lettre grise. Très rare.*

430. *Constitution d'Angleterre — Sir Francis Drake
fuyant de Munich et retournant à Londres —
Le Fameux empirique anglo-américain (A
Paris, chez Le Claire et Auvray) — Le très
honorable Charles Fox enlevé sur les épaules
de 4 anglais criants à haute voix voilà le
sauveur d'Angleterre.* — Ens. 4 pièces
coloriées.

431. *Désespoir des Ennemis de la France à la Découverte de leurs complots — Portraits exacts
des Conspirateurs chargés par le Gouvernement britannique d'attenter aux jours du
1ᵉʳ Consul.* — Ens. 2 pièces très gr. in-fol.
représentant un très grand nombre de
portraits. Très belles épr. *coloriées. Très
rares.*

432. *Marche et défaite de l'Armée des Aristocruches*
(Caricature contre Georges et Pitt). **Dessin
original** à l'aquarelle par **David.** — On y a

joint la gravure de ce dessin (*A Paris,
che{ Bance*). Gr. in-fol., toutes marges. -
Ens. 2 pièces.

433. *Retour des Aristocrates de la Course de Londres
— Et tu Jordanis quia conversus es retror-
sum* — etc. Réunion de 5 pièces.

434. *Général Moreau. Gravé en couleurs* par Chatai-
gnier.

435. *Victor Moreau*. Gravé **en couleurs** par **Levachez**. Jolie pièce. Très belle épr., sauf un
petit trou de ver. *Excessivement rare*.

436. *Moreau (Che{ Rugendas)*. Portrait in-4e — *Pisto-
lets donnés par le 1er Consul à Moreau —
Les douze Vendéens qui ont chassé les
Anglais de Noirmoutiers (A Paris, che{
Basset)*. Belle pièce à l'aqua-tinte. *Très rare*.
— Ens. 3 pièces.

437. *Le Bouclier National. Buonaparte*. Composé et
gravé par Villeneuve — *Bonaparte 1er Consul*.
Gravé par Audouin, avec sujet au-dessous
(*Bataille de Marengo*) grav. par Duplessis-
Bertaux — *Général Buonaparte*. Gravure
sur bois. - Ens. 3 pièces.

438. *Buonaparte, premier consul de la République
Française dans son grand costume (A Paris,
che{ Basset)*. Belle épr. coloriée. *Très rare*.

439. *A la Gloire immortelle de Bonaparte*. Composé
et gravé par J.-B. Louvion. Très belle épr. à
toutes marges.

440. **Bonaparte 1er Consul**. Gravé **en couleurs** par
Moret, d'après Appiani. Très belle épreuve.

440 *bis*. **Les Trois Consuls** (Cambacérès, Lebrun,
Bonaparte), avec scène au bas. Gravé **en
couleurs** par **Alix**, d'après Vengorpe. Très
belle épreuve.

441. *Consuls Français* (Bonaparte, Cambacérès et
Lebrun). Dess. d'après nature par Debarges,

gravés par Coqueret. Fait à la plume par
Gaudu, gravé par Davignon. Curieuse pièce
in-fol. *Très rare.*

442. *Défilée des Troupes à la Grande Parade devant
le 1er Consul Bonaparte et l'état-major dans
la cour des Thuilleries.* Gravé par Blanchard
d'après Naudet. In-fol. Belle épr. — *Costume
des Grenadiers de la Garde des Consuls.*
Gravé par Charon d'après Poisson. *Colorié
— Passwan-Oglou, ce retoutable Bacha,
reçoit un message de Bonaparte (A Paris,
chez Bonneville). Colorié.* — Ens. 3 pièces.

443. *La Liberté de l'Italie, dédiée aux Hommes libres.*
Gravé par Monsaldy, d'après Hennequin.
Belle pièce allégorique sur Bonaparte — *La
Liberté de l'Italie.* Pièce in-fol. imprimée
en couleurs, *avant toute lettre.* — Ens.
2 pièces.

445. *Les Magistrats et les autorités constitués de Berlin
offrent les clefs de la ville au général de
l'armée française (A Paris, chez Chereau).*
Très belle épr. *coloriée*, à toutes marges.

446. *Explosion d'une machine infernale, dirigée contre
le 1er Consul (A Paris, chez Basset)* — *Bonaparte couronné par la Renommée et la Victoire (A Paris, chez Chereau)* — *Fête bril-
lante de l'anniversa   du 14 juillet 1801
dans les Champs-Elysées (A Paris, chez
Chereau).* — Ens. 3 pièces *coloriées.*

447. *Bataille de Zurich le 26 sept. 1799.* Dess. et gravé
par Rugendas à Augsbourg. Curieuse pièce
gr. in-fol., *coloriée* — *Remise solennelle de
l'acte de médiation par les envoyés suisses,
19 fév. 1803.* Gravure sur bois — *Délivrance
solennelle des patriotes Zurichois prisonniers.* Gravure sur bois — etc. — Ens.
6 pièces.

448. *Pension de quatre cents francs. Nomination d'un Notaire.* — Ens. 2 pièces, avec vignettes en-têtes, **signées de Bonaparte.**

449. *Georges Cadoudal, dit Larive, dit Masson.* Portrait avec vignette au bas (*A Paris, chez Morret*). Belle épr. *imprimée* **en couleurs** — *La Machine infernale.* Gravé par Poll. — Ens. 2 pièces.

450. *Paul Barras.* Portrait en pied, gr. in-fol., gravé par A. Tardieu, an 7, d'après Hilaire Le Duc. Très belle épr. *avec la lettre grise.*

451. *Scène champêtre.* **Dessin original** à l'aquarelle de **Le Clerc**, *des Gobelins.* Belle pièce portant cette note manuscrite : *Le Citoyen Le Clerc à son départ pour l'isle de Corse a fait présent de ce dessin comme gage de son estime à son ami Ransonnette le 20 thermidor l'an 7 de la République Française.*

452. *Générosité de Catherine Defoy, 18 nivose an VII — L'auteur des meaux de la France au bord du Stix — Sujet de la sainte colère de l'évêque du Calvados contre les prêtres réfractaires — Sentence patriotique — M. Trissottin lisant ses pièces dramatiques,... Colorié — Les deux extrêmes ou Jean qui rit et Jean qui pleure* — etc. — Réunion de 13 pièces.

453. *Portrait de Talleyrand.* **Dessin original** au crayon de couleurs par le **Baron Gros.**

454. *Napoléon à la séance du 18 brumaire — Séance du Conseil des Cinq Cents tenue à Sᵗ Cloud le 19 brumaire an 8 (A Paris, chez Morret)* — Ens. 2 pièces *coloriées.*

455. *La Visite du Camp par les Commissaires aristocrates. Colorié — Hélas! nous ne nous ressemblons pas!!! (A Paris, chez Depeuille).* Pièce ronde — *L'Impayable rentier de l'Etat — Ah! le maudit sort.* Pièce ovale — *L'Au-*

teur couronné; *l'auteur tombé (A Paris,
chez Me Bergny)*; 2 pièces ovales imp. *en
couleurs*, etc. — Ens. 9 pièces.

456. *Le Neuf Thermidor ou la surprise anglaise.* Gravé
par J. B. Louvion. Belle épr. *coloriée*, à
toutes marges — *Les Emigrés à Rome (A
Paris, chez Depeuille). Colorié.* — Ens.
2 pièces.

457. *L'Anarchiste. Je les trompe tous deux.* Gravé
par S^{on} Petit — *Aristide et Brise scellé revenant de travailler la marchandise — Vieux
rentier et vieux pensionnaire sur le Chemin
de Bicêtre en 1797.* Gravure à la manière
noire. — Ens. 3 pièces, belles épreuves.

458. *Le Départ des Remplacés. L'Arrivée des rempla-
çants.* Ens. 2 pièces. Très belles épr. *avant
toutes lettres — Ce que j'étais, ce que je suis,
ce que je devrais être.* — Ens. 3 pièces, très
belles épreuves; *rares.*

459. *Le Triomphe des Armées Françaises* (Pichegru,
Moreau, Bonaparte, etc.). Gravé par Monsaldy
(*A Paris, chez Jean*). In-fol. Belle épr. *Rare.*

460. *Reprise de la Ville de Toulon.* Gravé par D. G.
M., d'après Dela Peigna (*A Paris, chez Jean*).
In-fol. — *Bataille sur le Mincio.* Gravé sur
bois.

461. *Les Incorrigibles au Palais Egalité à Paris.*
Gravé par Le Campion. Très belle épr. à
toutes marges — *L'Emprunt forcé.* D'après
C. Vernet. Epr. *coloriée*, rogné — *Un Aristide oblige un ci-devant à monter la garde
et à faire la soupe.* Eau-forte — *L'Ancien et
le Nouveau. Colorié.* — Ens. 4 pièces.

462. *La Promenade en Boker* (Suprême bon ton n° 26)
— *Modes et nouveautés* (Suprême bon ton)
— *Le Suprême Bon Ton — L'Embarras des
queues* (Le Bon genre n° 2) — Ens. 4 pièces
coloriées, belles épreuves.

463. *W. Woodwille, médecin de l'Hopital des inoculés à Londres.* Portrait en pied, gr. in-fol., gravé par Perrot, d'après Ansiau. *Rare.*

464. *La Vaccine ou l'inoculation à la mode. La Dindonnade ou la rivale de la vaccine* (A Paris, *chez Depeuille).* 2 pièces — *Les Bienfaits de la Petite Vérole. Les Malheurs de la Vaccine.* 2 pièces, toutes marges — *La Vaccine aux prises avec la Faculté* — Ens. 5 pièces *coloriées.*

465. *Révolution de Pologne.* Gravure gr. in-fol., *coloriée. Rare* — *Le Grand ordre du Jour, ou la Résurrection des Cloches* — *A Clichy.* — Ens. 3 pièces.

466. *Un salon sous le Directoire.* Gravé par Binet d'après Bovinet. Jolie petite pièce *avant toutes lettres,* à toutes marges.

467. *Le Général Pichegru.* Portrait dans un médaillon orné. Jolie épr. finement *gouachée. Rare.*

468. *General Pichegru* (à cheval). Gravure anonyme *coloriée* — *Détails sur la mort du g^{al} Pichegru, étranglé par l'ordre du tyran.* (*De l'imp. de Ledien-Canda).* Curieuse imagerie *coloriée,* avec détails et complainte. *Très rare* — *Eerzuil voor den General Pichegru.* Belle pièce in-fol. gravée par Wysman, d'après Kerkhoff — *Monument à élever par souscription au g^{al} Pichegru.* Lithographie. — Ens. 4 pièces.

469. *Feu d'artifice tiré le 14 juill. 1801, à la Grille de Chaillot à l'occasion de la Paix* — *Fête du 14 juill. an IX. Vue du Temple élevé dans le grand carré des Champs-Elysées.* Rogné. — Ens. 2 pièces *coloriées, rares.*

470. *Fête du 14 juillet an IX. Vue des 3 Théâtres construits aux Champs-Elysées dans le Carré Marigny.* Très belle pièce in-fol., **en couleurs.** Très belle épreuve. *Rare.*

471. *Le Thermomètre du Sans Culotte (A Paris, chez Guyot)*. 2 épreuves, en bistre et en noir — *Régenération du Capucin Chabot — La Liberté des mers*. Vignette en-tête — etc. — Réunion de 6 pièces.

472. *Trinité Conventionnelle*. Grav. par Lingée. Epr. *avant la lettre — Occupation constitutionnelle du Commerce de Bordeaux — La Prudence entre la Tempérance et le travail*. Gravé par Tourcaty — etc. — Ens. 5 pièces de formes rondes.

473. *Déclaration des Droits de l'Homme et du citoyen*. Gravé par Machy et L. Aubert. 2 épreuves, dont l'une *imprimée* **en couleurs**.

474. *Déclaration des Droits de l'Homme et du Citoyen*. 4 pièces différentes publiées chez *Chereau, Basset, Bance, Esnauts et Rapilly* (1 *coloriée*) — *Catéchisme des Peuples par le Père André*. Placard in-fol. — Ens. 5 pièces.

475. *Déclaration des Droits de l'Homme*. Jolie pièce ovale, dess. et grav. par Niquet. Belle épr. à toutes marges — *Droits de l'homme et du Citoyen. République Française*. Gravé à l'aqua-tinte par **Debucourt**. — Ens. 2 pièces.

476. *Déclaration des Droits de l'Homme et du Citoyen*, par Jumel l'aîné *(A Paris, chez Basset)*. Portraits de Bailly, *Lafayette* et Jumel, en calligraphie — *Déclaration des Droits de l'Homme (A Paris, chez Mondhare et Jean)*. Portrait de Mirabeau, en calligraphie, par Saintomer. — Ens. 2 pièces.

477. *Le Soleil au signe du Capricorne*. Pièce allégorique gr. in-fol. sur les Droits de l'Homme. Belle épr. *coloriée*, toutes marges — *Déclaration des Droits de l'Homme*. Gravé par Laurent, d'après Le Barbier. — Ens. 2 pièces.

478. *Modèles de Monnaies de la Révolution.* **23 dessins originaux** au crayon finement exécutés.

479. *Brevets de volontaire de la Garde Nationale, de la garde parisienne, de Capitaine, etc. —* Réunion de 5 pièces, dont 4 sur parchemin.

480. *Certificat d'herboriste, Congés de réforme, congé militaire, Certificat de membre de la Société des Amis de la Constitution, établie à Saint-Omer, Brevet de sous-lieutenant. —* Ens. 6 pièces, la dernière signée de **Bonaparte.**

481. *Vue du Bâtiment neuf de Pest et d'une partie de Bude et le Château sur le Danube, en basse Hongrie, où fut enfermée une partie des Officiers français faits prisonniers pendant les Campagnes de la Révolution.* **Dessin original** fait par Coquereau, capitaine de Grenadiers à la 17ᵉ 1/2 brigade de ligne. *Curieuse pièce.*

481 *bis. Projet pour un bureau d'une salle de Club* (avec portraits de Marat et Lepelletier) — *Projets pour un Théâtre* — etc. — Réunion de **4 dessins** et 1 gravure.

482. *Les Délassemens du Père Gerard ou la Poule de Henri IV. mise au pot en 1792. Jeu National — Jeu de la Révolution Française — Jeu géographique de la République Française —* Ens. 3 pièces *coloriées. Rares.*

483. *Jeu de Cartes de la Révolution.* Jeu complet *fabriqué par Jaume et Dugourc — Jeux de Cartes.* Réunion de 15 figures — *4 cartes à jouer* diverses, dont 1 représente *Lafayette.* — Ens. 51 cartes à jouer.

484. *Par Brevet d'invention. Nouvelles cartes de la République française. Plus de rois, de dames, de valets; le génie, la liberté,* etc. Fabriquées par Jaume et Dugourc. In-fol. Belle épr. *coloriée.* Rare.

485. *Manufacture Nationale. Fabrication particulière de nécessaires à barbe et de rasoirs d'acier fin.* Gravé en 1783 par J. Le Roy. Belle épr. à toutes marges. *Rare — Fabrication de piques.* Pièce ronde imp. *en bistre.* — Ens. 2 pièces.

486. *Manufacture des Cit. Guilliaud père et fils, en fers ouvrés pour le service de la Marine.* Gravé par Gaucher. *Adresse très rare.* Belle épr.

487. *Suite complète de 16 figures* gravées par Couché, pour *l'Histoire de la Révolution Française.* Belles épr. *avant la lettre,* tirées à deux à la feuille, toutes marges.

488. *Galerie historique des Evénements de la Révolution Française.* Gravés par J. Maillart, J. Chateigner, édit. Suite de 5 planches in-fol. Belles épr., grandes marges.

489. *Monnet. Principaux évènements de la Révolution Française.* Réunion de 6 planches gravées par Helman. Belles épr. *avant les nᵒˢ,* à grandes marges.

490. *Ouverture des Etats-Généraux à Versailles le 5 mai 1789. (A Paris, chez Patas)* — *Vue du Champ de Mars le 14 juillet 1790.* Par Mandar. *(A Paris, chez Ferthault).* — Ens. 2 pièces in-fol., belles épreuves.

491. *Vue de la Bastille à Paris.* **Dessin** ancien à la plume — *Vive la nation, la liberté et la loi.* Avec musique notée *(A Paris, chez Girouard)* — *Papier aux couleurs nationales* — *Vue Perspective de l'arrivée du Roi à l'Hôtel de Ville; Arrivée du Cortège à la Tribune du Champ de Mars; Cérémonie de la Confédération nationale (A Paris, chez Chereau).* 3 pièces *coloriées.* — Ens. 6 pièces.

492. **Portraits** — *Mʳ Michel Gérard, cultivateur, Député de Sᵗ Martin de Rennes en Bretagne*

(En Pied). In-4, belle épr., *coloriée* — *Michel Gérard*. Gravé par Sergent (*A Paris, chez Le Vachez*). Portrait en noir dans un encadrement tiré *en bistre*. Belle épr., toutes marges. — Ens. 2 pièces.

493. — *Collection Générale des Portraits de MM. les Députés à l'Assemblée Nationale (A Paris, chez Le Vachez)* — Réunion de 12 portraits gravés par Sergent, en noir, dans des encadrements tirés *en bistre*.

494. — *Collection des Portraits de MM. les Députés (A Paris, chez Déjabin)* — Réunion de 15 portraits.

495. — *Collection de Portraits de Députés (A Paris, chez Vérité)* — Réunion de 8 portraits, dont 5 *coloriés* ou *imp. en couleurs*.

496. — *Barnave — de Lameth — Cazalès*. — Ens. 3 portraits gravés par Vérité. Très belles épr. *imprimées en couleurs*, à toutes marges.

497. — *Beurnonville*. Grav. par J. B. Gautier, d'après Hilaire Le Dru — *Général Beurnonville*. **Miniature**. — *Hoche n'est plus*. Portrait en médaillon avec 3 petits sujets (*A Paris, chez Depeuille*). Très belle épr., grande marge. — Ens. 3 pièces.

498. — *Dessault* (Médecin). Portrait gravé **en couleurs**. Très belle épreuve *avant toutes lettres*, grandes marges.

499. — *Mme Elisabeth. Le Dauphin*. 2 portraits en médaillons dess. par Fouquet, gravé au physionotrace par Chrétien. *Rares*. — *Louis XVII, fils de Louis XVI*. Joli petit portrait ovale. *Rare*. — Ens. 3 pièces.

500. — *Marie Thérèse Charlotte de France, fille de Louis XVI : Charles Louis Archiduc d'Autriche*. (*Basle, chez Chr. de Méchel*). — Ens. 2 portraits gravés **en couleurs**. Très belles épreuves.

Nº 183 du Catalogue

Nº 440 du Catalogue

N° 110 bis du Catalogue

Nº 504 du Catalogue

501. — *Collection des Portraits des Membres composant le Corps législatif de l'an VII.* Gravé
par Gonord. — Ens. 4 feuilles renfermant
80 portraits. Belles épr. *Excessivement rare.*

502. — *Le Maréchal Ferrant de la Vendée.* Gravé par
Copia — *G. Cadoudal, dit Larive.* Gravé
par Gautier — *Lajolais, Roger dit Loyseau,
Burban, Splin, P. J. Cadudal.* 5 port. grav.
par Gautier. — Ens. 7 pièces.

503. — *Le Chevalier de Charette, général des armées
royales du Bas Poitou et du Pays de Retz.*
Dess. et gravé par Darcis — *Charette.* Portrait in-4 ovale, avec une charette en bas.
Très belle épr. *avant toutes lettres.* — Ens.
2 pièces.

504. — **La Princesse de Lamballe.** Gr. in-fol. en pied.
assise devant un bureau. Gravé à la manière
noire par Malgo d'après Hickel. *Splendide
épreuve à toutes marges.* **Très rare.**

505. — *La Princesse de Lamballe.* In-4 ovale. Gravé
par Schleiner 1790, d'après Hessell. Très
belle épr. *avant la lettre, imp. en sanguine.
Très rare.*

506. — *Mme Roland.* Petit portrait en médaillon, dess.
par Fouquet et gravé au physionotrace par
par Chrétien. Belle épr. *coloriée,* à toutes
marges. *Rare.*

507. — *Marceau.* Portrait en pied, gr. in-fol., gravé à
la manière noire par **Sergent Marceau.**

508. — *Le Général Marceau.* Gravé par Levachez :
avec sujet au-dessous par Duplessis-Bertaux
Marceau. Placard gr. in-fol. relatif à sa
statue élevée à Chartres — *Eloge funèbre du
g^al Marceau par le g^al Hardy.* 8 pp. *Lettre
autographe* signé de *Marceau.* — Ens.
4 pièces.

509. — *Portraits divers* — Réunion de 12 portraits par
Cochin, Gaucher, etc.

510. — *Bailly*. Gravé au Physionotrace par Quenedey. *Très rare — H. Jessé. député de Béziers. Rabaut de S' Etienne*. 2 port. grav. par Fiesinger, d'après J. Guérin — *F. Barthélemy, ambassadeur de la République Française en Suisse — Dubois-Crancé, député du balliage de Vitry*. Gravé par Miger, d'après David. — Ens. 5 pièces.

511. — *Al. de Lameth, Giraux Duplessis, J. N. Demeunier, Barnave*. 4 portr. en médaillons (*A Paris, chez Basset*) — *Jacques Isoré, cultivateur, député du dép' de l'Oise*. Gravé au physionotrace par Quedeney. (Lettre autographe et notes jointes). — Ens. 5 pièces.

512. — *Ph. de Noailles, maréchal, duc de Mouchy, mort sur l'échafaut*. Joli petit port. en médaillon, avec notice — *P. A. de Suffren, vice amiral de France — J. Ch. Pierre Le Noir, Lieutenant g'" de Police (A Paris, chez Blign)*. — Ens. 3 pièces.

513. — *Nicolas Bergasse*. Gravé par Mis Sardsam. (*Publ. London 1788*). Très belle épr. à toutes marges. *Rare — R. Am. Sicard, instituteur des Sourds-Muets*. Gravé par Bonneville — *Vestris*. Gravé par Roger, d'après Guérin. Très belle épr. à toutes marges. *Rare.* — Ens. 3 pièces.

514. — *Sauveur, receveur à la Roche Bernard (Morbihan). (A Paris, chez Duflos)*. Jolie pièce. Très belle épr. *coloriée*, à toutes marges — *Portrait anonyme*. **Dessin** original au crayon noir. — Ens. 2 pièces.

515. — *Trompe-l'œil*. Pièce ronde représentant les principaux personnages de la Révolution (*La Fayette, Marat, Necker*, etc.) — 2 pièces différentes, dont 1 *en couleurs*.

516. — *Chansons populaires sur Bara et Viala*, avec portraits en têtes, 2 pièces imp. sur papier à

chandelle. *Excessivement rare. — Dévouement du jeune Barat.* Port. en médaillon. (*A Paris, chez Bance*), à toutes marges. — Ens. 3 pièces.

517. — *Agricola Viala.* Gravé par Pitou, d'après Desrais. 2 épreuves dont l'une *imp. en couleurs*, à toutes marges — *Agricola Viala tué par les Rebelles sur la Durance (A Paris, chez Girard).* Pièce ronde. — *Agricola Viala, âgé de 11 ans, martyr de la Liberté (A Paris, chez Basset).* Colorié. — Ens. 4 pièces.

518. — *Joseph Agricola Viala.* Portrait avec sujet au-dessous. Gravé **en couleurs** par **Alix**, d'après Sablet. — *Action héroïque d'Agricola Viala.* par le cit. Auger. Curieuse pièce *coloriée.* — Ens. 2 pièces.

519. — *Robespierre.* Réunion de 9 portraits.

520. — *Robespierre.* Gravé *en couleurs* par Vérité. Belle épr. à toutes marges — *Femme Denant.* Gravé par Gautier. — Ens. 2 pièces.

521. — *P. Manuel.* Gravé **en couleurs** par **Alix,** d'après Ducreux. Très belle épr. à toutes marges.

522. — *Charlotte Corday.* Portr. en médaillon, gravé d'après un dessin qui est dessiné d'après nature par L. R.. m, 1793. Belle épr. *imp. en rouge. Rare — Marie Anne Charlotte Corday.* Portrait en médaillon. Belle épr. à toutes marges — *Charlotte Corday.* Portr. en médaillon. Fait d'après nature au Télescope. Toutes marges. — Ens. 4 pièces.

523. — *Charlotte Corday, dessinée d'après nature.* Portrait gr. in-4 ovale. Superbe épr. *imprimée* **en couleurs,** à toutes marges. *Rare.*

524. — *Marie Anne Charlotte Corday.* Gravé **en couleurs** par **Alix.** Très belle épreuve, grandes marges.

525. — *M^{ie} A^{ne} Cte Corday*. Portrait à mi-jambe tenant un poignard dans sa main droite ; avec petit sujet rond au-dessous *(Assassinat de Marat)*. Gravé par Tassaert. Epr. *avec la tablette blanche*.

526. — *Marie Anne Charlotte Corday, ci devant Dar-mans*. Portrait dans un médaillon avec au-dessous la scène de l'assassinat de Marat. Gravé par Massol, d'après Queverdo. Jolie pièce imp. *en bistre — Marie Anne Char-lotte Corday, né à St Saturnin*. Dessiné d'après nature. Portrait en médaillon ; au-dessous, petit sujet représentant l'assassi-nat. Jolie pièce — *M. Anne Charlotte Corday, ci-devant, de St Amans*. Portrait à mi-corps, en médaillon (*A Paris, chez Basset*). — Ens. 3 pièces rares. Très belles épr.

527. — *Chaslier* (La Philosophie montre un cénotaphe où se trouve le portrait de Chalier). Gravé *en couleurs* par Massol d'après Queverdoo. Jolie pièce ronde. Belle épr. — *Joseph Chalier (A Paris, chez Bance) — Jos. Cha-lier ; Ch. Nic. Beauvais ; Brutus*. 3 petits portraits en médaillons *imprimés en cou-leurs*. — Ens. 5 pièces.

528. — *Chalier*. Portrait gravé **en couleurs** par **Alix**, d'après Garneray. Très belle épreuve, marges.

529. — *La République aux Mânes de Chalier et Barra. Colorié — Martyrs de la Liberté* (Marat, Lepelletier, Chalier) — *Les Trois martyrs de la Liberté, Le Pelletier, Marat, Chalier (A Paris, chez Mixelle) — Les Martyrs de la Liberté*. Gravé par Copia (*A Paris, chez Desmarest*) — *M. L. Le Pelletier et J. P. Marat*. Portraits en médaillons, avec au-dessous 2 autres petits médaillons donnant les portraits de leurs assassins (*Paris et Charlotte Corday*) (*A Paris, chez Basset*).

Jolie pièce très rare — *Tous quatre à la Patrie ils ont été fidèles* (Marat, Lepelletier, Chalier, Barra). — Ens. 6 pièces *rares*, belles épreuves.

530. — *M. Le Pelletier de S. Fargeau*. Portrait in-4 ovale.(*A Paris, chez Chereau*). Très belle épr. imp. *en bistre*, grandes marges — *L. M. Le Pelletier St Fargeau*. Petit médaillon. Toutes marges. — Ens. 2 pièces.

531. — *Michel Lepelletier*. Gravé **en couleurs** par **Alix**, d'après Garneray. Superbe épreuve à grandes marges.

532. — *Il a voté l'abolition de la Royauté et la mort du Tyran*. Portrait dans une pyramide (*A Paris, chez Villeneuve*). Très belle épr. d'une pièce rare — *Le Peletier de St Fargeau, député à la Conv^{on} Nationale, assassiné le 20 janv. 1793* (sur son lit de mort). Pièce ovale. Belle épr., *rare*. — Ens. 2 pièces.

533. — *Marat*. — Réunion de 5 portraits différents.

534. — *Marat, l'ami du Peuple*. Gravé **en couleurs**, par Angelique Briceau, femme **Alais**. Belle épreuve. *Rare*.

535. — *Marat*. In-fol., à la tribune. Gravé par Tourcaty d'après Simon Petit. Très belle épreuve *avant le texte*, à toutes marges.

536. — *O Peuple! Marat ton plus fidèle amis n'est plus*. Portrait dans une pyramide (*A Paris, chez Villeneuve*). Belle épreuve.

537. — *Marat tel qu'il était au moment de sa mort. Ne pouvant me corrompre, ils m'ont assassiné*. Portrait in-fol. gravé par Copia, d'après David. Belle épr. à toutes marges.

538. — *Assassinat de Michel Le Peletier — Assassinat de J. P. Marat*. — Ens. 2 pièces in-fol., faisant pendants (*A Paris, chez Brion*). Très belles épr. à grandes marges.

539. — *A la mémoire de Marat, l'ami du peuple,
assassiné le 13 juillet 1793*. Pièce in-fol., très
belle épr. imp. *en bistre. Très rare* — N° de
l'*Autographe*, relatif à l'assassinat de Marat.
— Ens. 2 pièces.

540. — *Le 17 juillet 1793 le corps de Marat qui avait
été exposé pendant deux jours aux Cordeliers a été placé dans un tombeau dans le
même lieu; A la gloire immortel de Marat,
l'ami du Peuple* (Obélisque élevé aux manes
de Marat). — Ens. 2 belles pièces à l'aqua-
tinte (*A Paris, chez.Villeneuve*). Très belles
épreuves. *Très rares.*

541. — *Triomphe de Marat l'ami du Peuple, placé au
Panthéon.* Petit in-fol. à l'aqua-tinte (*A Paris
chez Villeneuve*). Très belle épr. à grandes
marges — *Tombeau de Jean-Paul Marat.*
Gravé par Née, d'après Pillement. — Ens.
2 pièces.

542. — *Inauguration du buste de Marat, l'an 2.* In-fol.
Gravé par Ransonnette — *Aux Manes de
Marat et Le Pelletier.* Jolie pièce ovale *imp.
en couleurs* — *La Liberté* (tenant les bustes
de Marat et Le Peletier). Pièce ronde *imp.
en couleurs.* — Ens. 3 pièces.

543. — *J. P. Marat, apôtre sanguinaire, traité comme
il le mérite. Applaudissements des specta-
teurs* (Au Théâtre de la rue Feydeau, le
buste de Marat fut renversé). Gravure in-4 à
l'aqua-tinte. Belle épr. *Rare.*

544. — *Marat vainqueur de l'aristocratie* (Diogène
quitte son tonneau pour donner la main à
Marat) (*A Paris, chez Villeneuve*). In-4 à
l'aqua-tinte. Belle épr., grande marge — *J. P.
Marat l'ami du Peuple.* Petit portrait en
médaillon. Belle épr., toutes marges —
Brutus (en médaillon) — etc. — Ens.
9 pièces.

N° 534 du Catalogue

545. — *La Mort du Patriote Marat, dédié aux braves sans Culottes.* Avec complainte (*Rue de la Bucherie n° 26*). In-4 à l'aqua-tinte — *Assassinat de J. P. Marat le 13 juillet 1793.* Gravé par Marchand, d'après Desray (*A Paris, chez Basset*). — Ens. 2 pièces.

546. — *La Mort du Patriote Marat* (*A Paris, chez Basset*). Gravure à l'aqua-tinte — *Exécution de Charlotte Corday.* Vignette tirée de l'ouvrage de Retif de La Bretonne (Année des Dames Nationales). *Rare.* — Ens. 2 pièces.

547. — *Combat des nesfles et marons dindes du Temple ou fureur aristocrate contre le député Marat.* Eau-forte in-fol. *coloriée.* Très belle épreuve. *Très rare.*

548. — **Béricourt.** *Pompe funèbre des trois martyrs de la Liberté. Marat, Chalier et Barra, dont les bustes sont sur un char.* **Dessin original** à l'aquarelle de **Béricourt**. Belle et intéressante pièce de cet artiste.

549. — *Barère de Vieuzac* (*A Paris, chez Le Vachez*). Gravé par Sergent. Portrait en noir, dans un encadrement imp. en bistre — *B. Barère.* In-8 (*A Paris, chez Le Vachez*) — *Barrère.* Petit médaillon. Gravé par Dupuis — *Le Vertueux Joseph Cange, commissionnaire de S' Lazare.* Gravé par Beljambe, d'après Legrand. — Ens. 4 pièces.

550. — *Barrère.* In-fol., à la tribune. Eau-forte par **Denon**. Superbe épreuve à toutes marges. *Très rare.*

551. — *Dumouriez.* Gravé par Bovinet, d'après Bonneville. *Colorié* — *A Paris. Dumouriez.* Caricature le représentant sous la figure d'un coq pendu à une lanterne. *Colorié. Rare.* — Ens. 2 pièces.

N° 546 du Catalogue

552. — *M. Astuce* (Caricature sur Beaumarchais).
In-fol. Très belle épr. imp. *en bistre* à toutes
marges.

553. *A la gloire de la Nation française. Révolution
de France. 14 juillet. 4 au 5 août, 6 oct. 1789
et 4 fév. 1790*. Dess. et gravé par Audouin,
grenadier volontaire. Pièce gr. in-fol.

554. *Thermidor*. Grande pièce en larg. gravée par
Coqueret, d'après Lethière. Epr. *avant la
lettre — La Liberté, soutenue par la Raison,
protège l'innocence et couronne la vertu.
La Liberté foudroie le fanatisme*. 2 pièces
grav. par Chapuy — *Dévouement à la Patrie*.
Gravé par Machi. 2 épreuves — Ens.
5 pièces.

555. *Allégorie sur la Patrie en danger* (A Paris, chez
Taunay) — *Bas-reliefs*. 2 pièces gravées par
Janinet, d'après Moitte. — Ens. 3 pièces à
toutes marges.

556. *Emigré faisant ses adieux à sa famille*. Inv. et
gravé par Ransonnette. Très belle épr. à
l'état d'eau-forte, à toutes marges — *Les*

Grandes Menaces du Commerce. Fait par Tavenard. In-fol., *colorié — Sujet allégorique*. In-fol., ovale. Gravé par Turcaty, d'après Dardell. Belle épr. *avant toute lettre — L'Egalité*. Pièce in-fol. Belle épr. *avant toute lettre*, à toutes marges. — Ens. 4 pièces.

557. *La Vertu (A Paris, chez Basset)*. Imagerie populaire *coloriée*, gr. in-fol. — *La Philosophie découvrant la Vérité*. Gravé par Gautier — *Le Gouvernement protège le Commerce*. Gravé par Darcis — *Minerve appellant la Jeunesse*. Gravé par Chapuy (Allégorie relative au Camp formé sous Paris). — Ens. 4 pièces.

558. — *La France républicaine ouvrant son sein à tous les Français*. Gravé par Clément d'après Boizot. In-4 ovale. Belle épr. *imp. en couleurs — Liberté. Egalité.* 2 pièces ovales *imp. en couleurs*. — Ens. 3 pièces.

559. *Estampes allégoriques sur la Révolution.* — Réunion de 9 pièces en noir et *en couleurs*.

560. *Minerve, La Sagesse, Liberté, L'Egalité, La Loi, etc.* — Réunion de 18 pièces allégoriques imp. en noir et *en couleurs*.

561. *Cauchemar de l'Aristocratie. Le Geova des Français (A Paris, chez Desmarest)*. 2 pièces ovales en doubles épreuves, en noir et *en couleurs — Patrone des Français*. Pièce ronde grav. par Copia — *Le Triomphe de la Vertu Républicaine*. Pièce ovale grav. par Darcis — *La Nature*. Pièce ovale — *La Victoire (A Paris, chez Chereau)*. Pièce ovale — *Allégorie*. Pièce ronde grav. par Blanchard. — Ens. 9 pièces.

562. *Estampes allégoriques de la Révolution.* — Réunion de 8 jolies petites pièces rondes *imprimées en couleurs*.

563. *Estampes allégoriques.* — Réunion de 10 pièces imprimées en noir et *en couleurs (2 petites pièces tissées sur soie).*

564. *Liberté et égalité, 10 août 1792.* Grav. par le C. Wicat — *Liberté maintenue.* **2 dessins originaux** *au crayon* — *Règne de la Loi (A Paris chez Bernier)* — *Allégorie sur les Beaux-Arts.* Jolie vignette grav. par Tilliard, d'après Choffard, toutes marges — *La Raison.* Petite pièce *en couleurs* dans une *cocarde* — *L'Egalité.* Pièce ronde minuscule. — Ens. 7 pièces.

565. *Estampes allégoriques : Frises.* 2 pièces grav. par Fiesinger, d'après Moitte — *Frise;* imp. *en couleurs.* — Ens. 3 pièces *encadrées.*

566. *M. A. Charlotte Corday ci devant d'Armans agé de 25 ans moins trois mois, écrivant sa dernière lettre à son père.* Petite pièce ronde. *Encadrée.*

567. *Louis XVI au Petit Trianon.* Petit in-fol. ovale, épreuve *gouachée,* encadrée, cadre ovale *en bois scupté* de l'époque.

568. *La Poncelinade.* Imagerie sur Poncelin avec complainte. *Encadré.*

569. *Louis XVI roi des Français.* Portrait avec bas relief au-dessous. Gravé **en couleurs** par **Sergent,** d'après Drelin. Belle épr. *encadrée.*

570. *Lettre autographe signé de Augereau,* général en chef de l'armée d'Allemagne, datée du quartier général de Offemburg, le 14 frimaire an 6. Orné en tête d'une très belle vignette gravée, le représentant au pied de la statue de la Liberté. Cachet en cire. Belle pièce encadrée, sous passe-partout.

571. **Marceau,** *né à Chartres, soldat à XVI ans, général à XXIII, mort à XXVII.* In-fol. en pied. Superbe pièce gravée **en couleurs** par **Ser-**

gent Marceau. Superbe épreuve du 1er état *avec la lettre grise.*

572. *Almanach pour la Présente Année, 1792 (A Paris, chez Basset).* Almanach mesurant 0^m77 de haut. sur 0^m52 de larg. Gravé et *colorié.* (Sujet historique au milieu, avec de chaque côté les portraits des principaux personnages de l'époque : *Lafayette, Péthion, l'abbé Fauchet,* etc. ; dans le bas le calendrier). Superbe pièce à toutes marges, d'une conservation parfaite. *Très rare.* Encadrée.

573. *La Fédération faite le 14 juillet 1790 (A Paris, chez Basset).* Almanach, pendant du précédent. Gravé et colorié. (Le sujet principal représente la Fédération du Champ de Mars ; de chaque côté, portraits de *Lafayette, Bailly, Sieyes, Lameth,* etc.; au bas, calendrier). Superbe pièce à toutes marges, conservation parfaite, *très rare.* Encadrée.

573 *bis.* **Langendick.** *Combat d'avant-poste de Cavalerie, époque de la Révolution.* **Dessin original** à la sépia, *signé.* Belle pièce encadrée.

574. **Debucourt.** *La Promenade publique.* Dess. et gravé **en couleurs** par **Debucourt.** Belle épreuve remargée, sous passe-partout.

575. **Papier Peint.** *République Française, Liberté, égalité. Soyons unis, nous serons invincibles.* Très belle pièce formée de faisceaux et cocardes tricolores, mesurant 0^m93 de haut sur 0^m83 de large. *Encadrée.*

576 *Deux Reliures-Portefeuilles,* très gr. in-fol. en maroquin rouge et en cuir de Russie, avec double dent. sur les plats. Reliures anciennes avec feuilles de papier blanc ancien à l'intérieur.

577. *Faites la Paix.* Pièce ronde gravée **en couleurs,** en réduction, par S. P. Levilly, d'après Boilly. Encadrée, cadre ancien (*Rare*).

578. *Napoléon et Joséphine.* Pièce ronde imprimée **en couleurs**. Très belle épr. avec sa marge (avant qu'elle n'ait été découpée pour tabatière). Encadrée, cadre ancien *(Très rare)*.

579. *Napoléon et Joséphine. (A Paris, chez Bance).* Pièce ronde. Très belle épr. en noir — *Marie-Louise d'Autriche.* Gravé par Mariage, 1810 *(A Paris, chez Bance).* Belle épr. — Ens. 2 pièces.

580. *Démolition de la Bastille.* Pièce ovale gravée *en couleurs* par Guyot. Belle épr.

581. *Seconds voyageurs aériens, ou Expérience de MM. Charles et Robert, 1ᵉʳ déc. 1783. Vue prise du Pont Royal (A Paris, chez Chéreau).* Belle épr. marges.

582. Portraits de *Mᵐᵉ Roland, Lavater, Dulaure,* etc., gravés au physionotrace par Chrétien et Quénedey. — Ens. 5 pièces.

583. *Le Jeune Désilles à l'affaire de Nancy, 31 aout 1790.* Gravé par Laurent, d'après Le Barbier. Gr. in-fol., encadré, cadre ancien.

IMPRIMERIE

FRAZIER-SOYE

153-157, Rue Montmartre

PARIS